Libérer les Secrets

Collection *Artista*

Du même auteur :

Cerise au Soleil – L'Avenir d'Esperanza (2019), roman
Libérer les Secrets – Tome 1 (2021), roman
Le Sorcier Amoureux (2021), nouvelle
Libérer les Secrets – Tome 2 (2022), roman
Libérer les Secrets - L'intégrale (2023), roman

Marie-Laure Voisard

Libérer les Secrets

Tome 1

Roman

ISBN : 978-2-9568320-3-4

Impression à la demande
Dépôt légal : septembre 2021

Mise en page Anne Guervel
Couverture The Books Covered Team

À Laurence Bertrand…

Comment sont les gens qui aiment la vie,
ceux qui osent crier « Viva la Vida » ?
Pas mieux que les autres, ni moins bien.
Ils assument leur lumière et leur ombre,
la beauté de leur humanité.
Un état d'esprit qui libère la vie !
Énorme !

Avertissement

Les personnages de ce roman sont totalement imaginaires. L'auteur remercie chaleureusement Carla Querejeta Roca, artiste plasticienne, d'avoir accepté que l'une de ses œuvres inspire le Prologue du tome 1 de Libérer les Secrets. Rosalie, une des héroïnes du roman, raconte en être l'auteur ce qui est totalement fictif.

PROLOGUE

Deux jours plus tard, Esperanza se gare sans difficulté ; le week-end, les places libres sont nombreuses dans ce quartier d'affaires. Un doux soleil d'automne éclaire la journée, aucune âme qui vive à croiser sur les trottoirs. Rideau baissé pour les cafés et restaurants.

Arrivée devant un immeuble haussmannien en pierres de taille, elle tape le code sur le clavier situé dans l'encadrement de la porte cochère, pousse le portillon et se retrouve sous une voûte imposante d'où partent deux escaliers. Sur l'une des grandes plaques de Plexiglas vissées au mur, elle repère rapidement : « Gilles&Associés – 4e étage ». Elle appuie sur le bouton de l'interphone et la porte du hall s'ouvre immédiatement avant même qu'elle se présente. Même si son cœur bat plus vite que d'habitude, elle délaisse l'ascenseur grillagé pour grimper tranquillement l'escalier majestueux.

Au quatrième devant l'unique porte palière entrebâillée, Rosalie se tient debout au milieu du passage un doigt sur la bouche et mime un chut. Dans son autre main pend un grand foulard de soie roulé en bandeau. Sans embrassade ni bonjour elle le pose devant les yeux d'Esperanza et s'applique à réaliser un nœud bien équilibré à l'arrière de la tête.

Silencieuse et docile, Esperanza apprécie la mise en scène mystérieuse de son amie. Du même âge, la soixantaine, elles se connaissent depuis plus de vingt ans et partagent une amitié forte à la confiance inébranlable. Que Rosalie peut-elle avoir de si important à lui dire, ou lui montrer, pour avoir choisi ce lieu inhabituel et cette mise en scène ? Une invitation par mail reçue il y a 48 heures lui indiquait le jour, l'horaire et une adresse dans le huitième arrondissement à Paris. Cela ne lui ressemble pas, se dit-elle. Je suis impatiente et excitée à la fois. Avec une artiste on peut s'attendre à tout !

Elle se laisse conduire, amusée… Au bout de plusieurs mètres, Rosalie s'arrête.

Esperanza l'entend ouvrir une porte. Un plancher grince sous ses pas précautionneux, un silence… puis le « tatatata tata tatatata… » rythmé d'instruments à cordes envahit la pièce et s'amplifie. Un air déjà entendu qui lui avait plu immédiatement — ça ne se commande pas. Elle se souvient. L'air préféré de son fils cet été en Bretagne. Il le passait en boucle. Qu'est-ce que c'était déjà ? Une musique qui donne la pêche. Elle pénètre peu à peu dans son corps. Le rythme saccadé évoque une épopée. Ses cellules vibrent. Le chanteur commence, il a un phrasé particulier qui exalte la mélodie. Elle ne comprend pas vraiment l'anglais mais accroche des mots : King… Jérusalem… Cavalry… Honest world... Avec ces quelques bribes, elle invente une histoire sur cette musique entraînante. Dans l'instant, elle n'entend que les violons sonner comme une scie et cette vibration qu'elle adore… Ce morceau, c'est de la vie en barre, pense-t-elle, et aussitôt le nom de la chanson jaillit de sa mémoire : Viva la vida du groupe Coldplay.

Rosalie la laisse écouter, se remplir des notes, des accords, du rythme, des paroles anglaises du roi qui a perdu son royaume, une métaphore autour de l'aventure de la vie. Elle danse devant Esperanza qui ne la voit pas. Au deuxième refrain, elle entonne les « Oooohhhhhh ohh… », alors Esperanza reprend à pleins poumons les « Oooohhhhhh ohh… ». Tout en dansant, Rosalie retire le bandeau pendant qu'Esperanza, d'un coup de pied vif, lance ses ballerines l'une après l'autre dans un coin de la pièce.

Les yeux dans les yeux, libérant à l'unisson et à tue-tête des « Oooohhhhhh ohh… » puisés de leurs ventres. Tournoyant sur elles-mêmes. Ces deux femmes exhalent la joie, la puissance, la vie !

Vers la fin du morceau, Rosalie se rapproche d'un meuble, attrape une télécommande et remet la chanson au début. Le rythme saccadé du prélude de cordes reprend. Chaloupant en mesure, elle prend la main d'Esperanza et l'entraîne tout autour de la pièce.

Ébahie par la profusion qui explose à sa vue, Esperanza perçoit d'abord le bois brut puis les taches de couleurs en commençant par le vert rejoint aussitôt par le noir. Ses yeux s'habituent et découvrent le bleu et le blanc. Le soleil inonde la pièce de sa lumière d'octobre et elle repère l'ocre. Restée seule au milieu de la pièce, elle s'imprègne en silence ayant oublié Rosalie qui appuyée contre la porte l'observe découvrir son travail.

Des panneaux de bois naturel tapissent l'ensemble des murs. Des tasseaux et planches de contre-plaqués clairs recouvrent toutes les cloisons, entourent les fenêtres et les portes. Ces plaques mélangent des essences différentes : bouleau et peuplier. Superposées par endroit, déchirées à d'autres elles laissent apparaître fibres et épaisseurs. Des trouées aux formes variées, irrégulières révèlent le mur blanc présent à l'arrière. Cette boiserie foisonnante ouvre à quelque chose qui est à la fois dehors et dedans. Les parois émergent par endroits à travers cet assemblage sur lequel sont apposées les couleurs. Un pinceau trempé dans de la peinture noire a formé d'un jet : troncs, branches, feuillages et figures abstraites hachurées ou remplies à grands traits. Le grouillement de la vie animale et végétale semble présent. L'ensemble laisse entrevoir le bois brut. La matière réelle sublimée. Le vert cru à l'intérieur des feuilles renforce l'aspect végétal. Quelques traits ocre ou bruns dirigent les troncs. Les taches blanches des trouées impriment une légèreté et un rythme à l'ensemble. Les hachis noirs arrêtent l'œil et développent l'aspect touffu. Des aplats bleu pâle, ce bleu si singulier, spécifique à Rosalie[1], car traversé de blanc dans la matière, donnent un air printanier, guilleret à la pièce.

Esperanza se sent en terrain connu et s'étonne : *même si cela peut y ressembler, ce n'est pas l'intérieur des cabanes de mon enfance, c'est autre chose*. Elle ferme les yeux, les ouvre rapidement, respire et retrouve la sensation de la densité légère qui flotte dans l'air quand la lumière du ciel perce la jungle. C'était, il y a quelques années, lors d'un voyage où elle a découvert l'Amazonie.

Et puis une bouffée d'émotion la submerge. C'est Rosalie qui crée, construit et peint cela ! Incroyable ! Je n'ai jamais vu un tel travail ! Quelle artiste !

La musique s'arrête, Esperanza se met à genoux, des larmes roulent sur ses joues, elle sourit...

— C'est beau ma Rosalie, c'est si beau... ! Tu as réussi, enfin, à le sortir... Je suis si heureuse pour toi... Merci de ne pas avoir abandonné... Merci pour tout ça. Tellement personnel et original !

Rosalie la relève, elles se serrent longuement, corps à corps, sans un mot, de tailles identiques, aussi menues l'une que l'autre. Puis assises sur le plancher, dos à dos, au centre de la pièce, Rosalie – pantalon et cardigan blancs, courts et moulants, ballerines noires aux pieds, cheveux mi-longs, bruns, attachés de façon souple en queue de cheval basse – et Esperanza – jean bleu, pull à col en V d'un bleu identique à celui du pantalon, pieds nus aux ongles rouges, cheveux gris épais courts, deux grands yeux marron rehaussés de sourcils foncés – conversent :

— Quand as-tu fait cela ? demande Esperanza.

— Durant mon « voyage » de six semaines au Kazakhstan avec un chéri, répond Rosalie en souriant légèrement.

— Tu n'y étais pas ?

— J'y ai passé mon été.

— Au Kazakhstan ?

Esperanza ne comprend plus rien.

— Non dans ce bureau... Il n'y avait personne tout le mois d'août... Les finitions je les ai faites les week-ends de septembre et octobre.

— Tu étais à Paris en août !

Esperanza se retourne interloquée.

— Oui.

— Tu m'as menti ? Pourquoi m'as-tu fait croire à ton voyage ?

— Je ne savais pas si je serais capable d'aller au bout de cette commande. J'avais très peur. Je devais me confronter à moi-même, sinon je ne ferais que me copier… !

La sincérité dans la voix de Rosalie calme Esperanza.

— Tu as eu bien raison ! Le résultat est là !

Rosalie assise en tailleur lui fait face maintenant et lui tend les mains. Esperanza pose les siennes dessus en signe de paix. Rosalie poursuit :

— Tu vois, nous nous révélons sur le tard, toutes les deux au même moment, toi avec ton roman et ta première émission télévisée…

— … et toi avec ta première œuvre très très grand format !

Puis suit un long silence durant lequel Esperanza regarde à nouveau toute la pièce, s'arrête sur un détail ou un motif.

— Comme ton commanditaire a de la chance de travailler dans un lieu pareil ! … Victor est venu ?

— Non, il rentre demain de Londres… Il attendra le week-end prochain, je veux qu'il voie la pièce à la lumière du jour. Tu es la première !

— Je suis touchée ma Rosalie.

Esperanza lui envoie un baiser du bout des doigts puis affirme :

— Le cœur de Victor va exploser de joie pour toi !

— J'espère le surprendre, on se connaît tellement.

— Liés par votre enfance. Et quelle enfance !

Rosalie soupire, ses yeux se voilent légèrement.

— Vous revenez de si loin tous les deux, continue Esperanza en secouant la tête.

— Tu sais, quand on vit les choses c'est différent. Parfois on ne se rend pas vraiment compte.

— Tu vas peut-être trouver que j'emploie un grand mot mais je n'en trouve pas d'autres. Je crois que le fait de créer transmute les griffures de l'enfance.

— Très juste ce verbe : transmuter. C'est tout à fait cela.

— Votre relation à Victor et à toi est si…

Rosalie l'interrompt.

— … silencieuse et profonde.

Esperanza laisse passer un moment avant de demander :

— Tu comptes réaliser la même mise en scène que pour moi ?

— Je ne pense pas mais pourquoi pas ?

Les deux femmes restent assises jusqu'au milieu de l'après-midi à bavarder — elles en oublient même de déjeuner. Rosalie explique à Esperanza sa création, les difficultés rencontrées, les bonnes surprises, les courses dans les magasins de bricolage. Sa longue réflexion et ses nombreuses visites avant de choisir chaque essence de bois sans être certaine qu'elles « vibreraient juste » ensemble et avec la lumière de la pièce. Les panneaux à transporter qui ne rentrent pas dans la voiture, les tasseaux trop longs. La location d'un véhicule utilitaire à conduire dans Paris — heureusement vide en ce début août.

La peur mêlée à l'excitation juste avant de commencer le travail devant les tas de planches et de barres posées au sol en l'état. Elle confie comment cette matière si noble, le bois, la guide, l'inspire… Comment plier, casser, déchirer, arracher, découper lui a permis de sortir sa violence, de la canaliser… Guidée par les murs et le volume de la pièce, elle a osé occuper l'espace, tout l'espace… même si la tentation de construire une cabane pour se cacher l'a effleurée.

Elles se remémorent ce dernier été durant lequel elles ne se sont pas vues. Esperanza promouvait son premier roman, La douceur de boule d'épingles, lors de signatures en librairies et débutait une jolie histoire avec Louis[2] et de son côté Rosalie créait sa première œuvre monumentale dans le secret. Aujourd'hui elles peuvent chanter, danser et même hurler « Viva la Vida ! ».

Rosalie sait bien que pour oser occuper l'espace de cette pièce et enfin prendre sa place, elle a fait un long chemin. Heureusement, elle n'était pas seule. Avec Victor, ils ont affronté leurs épreuves à leur façon avant de trouver chacun leur voie singulière. Et puis, bien plus tard, il y a eu la rencontre avec Esperanza.

Le désespoir est assis sur un banc

Dans un square sur un banc
Il y a un homme qui vous appelle quand on passe
Il a des binocles un vieux costume gris
Il fume un petit ninas il est assis
Et il vous appelle quand on passe
Ou simplement il vous fait signe
Il ne faut pas le regarder
Il ne faut pas l'écouter
Il faut passer
Faire comme si on ne le voyait pas
Comme si on ne l'entendait pas
Il faut passer et presser le pas
Si vous le regardez
Si vous l'écoutez
Il vous fait signe et rien personne
Ne peut vous empêcher d'aller vous asseoir près de lui
Alors il vous regarde et sourit
Et vous souffrez atrocement
Et l'homme continue de sourire
Et vous souriez du même sourire
Exactement
Plus vous souriez plus vous souffrez
Atrocement
Plus vous souffrez plus vous souriez
Irrémédiablement
Et vous restez là
Assis figé
Souriant sur le banc
Des enfants jouent tout près de vous
Des passants passent
Tranquillement
Des oiseaux s'envolent
Quittant un arbre
Pour un autre
Et vous restez là
Sur le banc
Et vous savez vous savez
Que jamais plus vous ne jouerez
Comme ces enfants
Vous savez que jamais plus vous ne passerez
Tranquillement
Comme ces passants
Que jamais plus vous ne vous envolerez
Quittant un arbre pour un autre
Comme ces oiseaux.

Jacques Prévert, *Paroles*, 1945

CHAPITRE 1 : PLOMB

Le mariage de Madeleine est une erreur. Un de ces dégâts collatéraux de la guerre qui ne sera jamais indemnisé. Elle se retrouve seule avec sa fille Rosalie, âgée de trois mois, après une union malheureuse qui a tenu à peine deux ans. Le père part pour l'Indochine abandonnant la mère et l'enfant. Cet homme aime la guerre et ses aventures. La peur quotidienne le fouette renforçant sa sensation d'être vivant. Chacun a exprimé, au début de leur histoire, des promesses sincères incompatibles pour leur future vie à deux. Madeleine l'a compris trop tard. Le divorce, rare encore, leur a permis de retrouver leur liberté réciproque. L'histoire se termine bien. Mais l'enfant puis la séparation sont vécus par Madeleine comme l'impossibilité, dans une société encore traditionnelle, d'avoir un avenir joyeux. Elle traîne deux boulets au pied : son divorce et sa fille.

Revenue chez ses parents à Paris, elle s'y installe avec Rosalie. L'accueil qu'elles reçoivent manifeste un amour inconditionnel pour Madeleine et sa fille. Le cœur grand ouvert – ni question ni reproche – juste des bras pour se réchauffer et pleurer, ses parents mettent tout en œuvre pour l'aider à construire son futur de femme libre, en dépit de ce mauvais démarrage. « Tu as beaucoup souffert et nous comprenons que tu ne crois plus à rien. Nous ne doutons pas de toi, tu sauras rebondir, ta vie ne fait que commencer… Tu manges ton pain noir d'abord et tu dégusteras ton pain blanc après. » Ils la réconfortent puis l'encouragent à chercher un travail pour retrouver son autonomie et élever son enfant. Sage conseil.

Cette chance, Madeleine ne la perçoit pas tant elle est désespérée. Le fait de dormir dans sa chambre d'adolescente et d'habiter chez ses parents avec un enfant à charge provoque en elle la sensation d'être pris au piège. La situation lui semble insurmontable. Même si la guerre vient de se terminer, elle demeure présente dans les esprits. En plus d'avoir volé son adolescence et favorisé l'échec de son mariage, elle achève de casser ses rêves. Sa vie est devant elle pourtant, mais elle n'y croit plus. Madeleine a perdu sa confiance en elle et dans le mot avenir.

Il faut se rappeler que l'époque n'est pas encore favorable à la liberté des femmes. En cette période juste d'après-guerre, les jeunes mères seules avec enfants font le vide autour d'elles. Des mères plus âgées veillent attentivement sur l'avenir de leurs fils. Elles se soutiennent entre elles et affirment « épouser une femme qui a déjà souffert et en plus élever des enfants qui ne sont pas de soi ça ne peut provoquer que du malheur ! ». Comme toujours ce genre de paroles s'infiltrent dans les esprits plus rapidement qu'on l'imagine.

Ses parents, n'écoutant que leur cœur centré vers leur fille, recherchent auprès de leurs connaissances proches ou lointaines un emploi pour Madeleine. En ce commencement des « Trente Glorieuses[3] », le travail ne manque pas mais une jeune femme seule avec un enfant se doit de recevoir une protection pour être respectée. Leurs efforts sont récompensés, deux mois après son retour à la maison, un cousin de sa mère propose à Madeleine un poste de secrétaire dans son entreprise.

Un peu perdue les premiers jours, elle rencontre Armand, jeune ingénieur des travaux publics qui la prend sous son aile et ainsi accélère son intégration auprès des autres employés. Il lui explique ce qu'elle ne comprend pas ; les usages et les jeux de pouvoir au sein d'une société. Leur passion commune pour la Bretagne Nord les rapproche. La famille d'Armand possède, depuis des années, une villa à Saint-Cast, station balnéaire qui a moins souffert des bombardements que d'autres communes du littoral. Madeleine a séjourné plusieurs étés avant-guerre chez une tante à Lancieux, situé à une vingtaine de kilomètres de Saint-Cast et en garde un souvenir joyeux. Au détour d'une conversation, ils apprennent qu'ils ont une connaissance commune puis tirant le fil, ils en découvrent quelques autres. Cela les rapproche encore.

Passionné de photographie, Armand présente à Madeleine ses tirages de la côte d'Émeraude et ses portraits pris sur le vif. Elle accepte qu'il la photographie sous tous les angles. Elle rit, s'amuse, prend des poses, redevient légère et coquette sous le regard perspicace d'Armand caché derrière l'objectif. Cette jeune femme a perdu son sourire intérieur, celui qui anime et donne vie. Il désire l'aider à le retrouver.

La reconstruction bat son plein. Armand présente sa protégée à sa bande d'amis avec qui ils écument les clubs de jazz du Quartier latin le week-end ou dansent dès qu'ils le peuvent chez les uns ou les autres. La vie redevient douce et vibrante.

Embarquée par cette énergie de vie qui explose, Madeleine en oublie, parfois, sa fille – confiée à ses parents – et se laisse gagner par une certaine insouciance.

Elle n'évoque jamais son passé – surtout pas Rosalie – au cours de leurs conversations. Armand, si sensible, perçoit une grande douleur qu'il attribue à la guerre et ses tourments. Par amour, il ne pose aucune question. Le beau sourire qui éclaire de plus en plus souvent le visage de la jeune femme lui donne une raison de l'aimer davantage.

Quelques mois plus tard, en la raccompagnant chez ses parents au petit matin après avoir dansé toute la nuit avec leurs amis, il la prend dans ses bras sous le porche de l'immeuble et lui déclare sa flamme :

— Madeleine, je veux vivre avec toi et construire une famille…

Elle l'arrête aussitôt. En un instant, elle se dégage. L'expression de son visage devient dure. Ses yeux perdent leur éclat.

— Je ne peux pas accepter Armand, répond-elle d'une voix blanche.

— Mais pourquoi ? Je ne te plais pas ?

— Si beaucoup, je me sens bien avec toi mais je n'ai pas le droit.

— Pas le droit de quoi ?

— De t'épouser.

— Pourquoi ? Pas le droit de m'épouser ?

— J'ai déjà une fille, Rosalie. Elle aura un an dans deux mois.

Avec une grande douceur dans la voix tout en lui posant délicatement une main sur l'épaule car il éprouve un besoin impérieux de la toucher.

— Je sais... Je suis content que tu m'en parles, je me demandais quand cela viendrait.

— Mais comment tu... ? réplique-t-elle vivement.

Une pointe d'agressivité perce dans sa voix.

— Le monde est petit. Et cela n'a pas d'importance. Quand me la présentes-tu ?

Madeleine a tellement cloisonné sa vie qu'elle ne sait quoi répondre. Même si elle a souvent pensé au jour où elle devrait parler de Rosalie à Armand, elle a aussi espéré que ce jour n'arrive jamais.

À cent lieues d'imaginer ce qui se passe dans le cœur de Madeleine, Armand pense la libérer de ses non-dits par des preuves d'amour.

— Madeleine, tu as le droit de t'amuser. Cela te fait du bien.

Son cœur déborde, il se retient de la reprendre dans ses bras.

— Oui beaucoup de bien.

Un éclair de vie traverse furtivement les yeux de Madeleine.

— Rosalie peut venir se promener avec nous dans la journée. Par contre le soir, elle ne sort pas, c'est réservé à sa mère.

Armand a levé le doigt et semble s'adresser à l'enfant qui n'est pas là. Un léger sourire apparaît sur les lèvres de Madeleine.

Tout se bouscule dans sa tête. Impossible de dissocier Armand de la vie insouciante menée avec ses amis qui lui font oublier qu'elle est déjà mère. Coupable d'avoir de telles pensées, elle voudrait se coller à Armand non pas pour accueillir son amour mais pour danser et oublier comme cette nuit et les précédentes. Mais il guette sa réponse, alors elle esquive.

— Je suis perdue, je ne sais pas quoi te dire.

Armand ne s'avoue pas vaincu si rapidement, il ose une comparaison.

— Si tu étais veuve, est-ce que cela te poserait un problème ?

— Je ne sais pas.

— Quel est ton souci ? Parle, tu ne peux pas garder cela pour toi. Tu ne me fais pas confiance ?

Devant tant de détermination, Madeleine baisse la tête et chuchote :

— Rosalie…

La surprise se lit sur le visage d'Armand.

— Ta fille ? Mais puisque j'étais au courant sans que tu m'en parles !

Bouleversée et émue par une telle spontanéité, le cœur de Madeleine se remet à battre.

— Je suis gênée de commencer une nouvelle famille avec un passé.

Armand ne résiste plus il la prend par les deux épaules, plante son regard dans ses yeux et déclare :

— Madeleine, mais ta fille, je l'adopterai. Elle sera comme ma fille. Elle sera l'aînée de nos enfants !

À ces mots, Madeleine fond en larmes.

— Excuse-moi !

Elle sanglote ne pouvant prononcer un mot, ses mains cachent son visage. Armand la prend dans ses bras, la berce tendrement puis quand Madeleine se calme, sort de sa poche un mouchoir à carreaux plié en quatre avec lequel il tamponne ses larmes, osant même des baisers sur son front. Une délicatesse naturelle émane de cet homme. Concentré sur les expressions de Madeleine, il attend tranquillement qu'elle se décide à ouvrir les yeux. Elle le regarde absente, puis referme les paupières… puis les ouvre définitivement et… baisse la tête.

— Je…

— Tu…

— Je…

Impossible de prononcer un mot. Armand sourit, l'encourage des yeux et hoche légèrement la tête tout en lui caressant les mains.

— Ne te presse pas, on a tout notre temps.

— Je…

— Qu'est-ce qui est le plus difficile pour toi ?

— Je ne voulais pas d'enfant dans ce mariage raté, articule-t-elle d'un trait.

— Je comprends…

— Je m'en veux… Je lui en veux… J'ai honte…, ajoute-t-elle dans un souffle.

— Mais elle est là… Même si elle prend beaucoup de place dans ta vie aujourd'hui, tu n'es pas qu'une mère, tu es une femme et c'est ce qui m'a plu chez toi.

Chuchotant Madeleine reprend :

— Je m'en suis débarrassée en la confiant à mes parents.

— Tu as de la chance d'avoir des parents qui veulent t'aider.

— Je ne m'occupe pas bien de Rosalie, je n'y arrive pas, je lui en veux d'être là.

— Je vais t'aider. Quand puis-je découvrir cette petite demoiselle ?

Avec Armand tout est simple. Il voit toujours le bon côté des choses. Alors, Madeleine baisse les armes, goûte la chaleur des bras, ferme les yeux et lui offre ses lèvres. Devant cette femme qui enfin s'abandonne, Armand prend son temps. Il savoure l'instant avant de déposer un baiser délicat qui se transforme en une étreinte enflammée.

Sans hésitation, ils choisissent de commencer les présentations par les parents de Madeleine. Armand les rencontre, un dimanche après-midi, après la sieste de Rosalie. Occupant l'attention des adultes, la présence de l'enfant facilite leurs échanges. Il se glisse dans cette famille comme s'il l'avait toujours connue.

Les parents d'Armand, un peu plus âgés, accueillent avec gentillesse la fiancée de leur fils. La guerre a emporté leur aîné, ils ne veulent pas perdre le second. Madeleine, bloquée par sa honte, mettra du temps à se sentir à l'aise avec eux.

Armand respecte ses peurs – entre autres celles de se remarier et de perdre sa nouvelle liberté – car il a la certitude qu'elle est la femme de sa vie. Il n'ajoute pas de pression. Cette femme libre le fascine. Une bonne année plus tard, ils se marient civilement. Armand entame aussitôt les démarches pour adopter la petite Rosalie âgée d'à peine deux ans. « Je serai son père et il n'y aura pas de différence avec nos autres enfants. »

Ce n'est pas si simple, le père de l'enfant ne répond pas aux courriers de Madeleine puis la guerre d'Indochine le fait mourir en héros. À cette époque l'adoption est plus accessible ; la décision n'est pas rendue par un jugement. Rosalie deviendra officiellement la fille d'Armand à l'âge de quatre ans.

Madeleine et Armand travaillent dans la même entreprise et, sous prétexte de laisser les jeunes mariés construire leur vie commune, Rosalie demeure chez ses grands-parents maternels, ravis de pouvoir la chouchouter encore un peu. Le week-end sa mère et son mari viennent pour le déjeuner.

Cette petite-fille est comblée d'amour ! Heureusement, elle en reçoit si peu de sa mère pour qui elle incarne le malheur. Armand est partagé. Il connaît une partie du secret de sa femme qu'il respecte mais il se sent une responsabilité vis-à-vis de l'enfant qu'il ne veut pas exclure de son foyer. Il a choisi d'épouser Madeleine avec sa fille, en pleine connaissance de cause. Pourtant ce qu'elle a vécu avec le père de Rosalie reste secret car Madeleine refuse d'en parler.

Laurent et Violaine, des jumeaux, naissent un an après. « Le choix du roi, garçon et fille », affirme le médecin. Armand, attentif à l'avenir de Rosalie, la rapatrie dans leur appartement parisien.

Au fond d'elle, Madeleine ne le souhaite pas mais s'interdit de l'exprimer. Allongée les derniers mois de sa grossesse, elle a pu retarder le retour de sa fille dans son quotidien. Mais depuis l'arrivée des jumeaux, elle n'a aucune raison de la laisser chez ses parents surtout qu'Armand a embauché une cuisinière et une jeune fille pour la seconder.

— Maintenant que ta maman reste à la maison pour s'occuper de ton frère et ta sœur, tu habiteras avec nous. Tu es grande maintenant, tu aideras ta maman qui aura beaucoup de travail avec nous tous, Armand soulève Rosalie et la serre dans ses bras.

Il chuchote, l'index devant sa bouche :

— Chut ! Pas de bruit… Viens voir les jumeaux.

Deux berceaux recouverts d'organdi blanc trônent dans la pièce. Emmaillotés dans leurs langes et cache-maillots brodés de blanc pour Violaine et bleu pour Laurent, les nourrissons dorment. Ils n'intéressent pas Rosalie. Même si les bras d'Armand lui donnent un peu de chaleur, elle préférerait se blottir contre sa mère. Retenant leurs larmes, ses grands-parents l'embrassent et lui promettent de revenir très vite pour l'emmener courir au Champ de Mars.

Rosalie ne connaît pas encore le mot solitude mais elle la vit. Dans la journée sa mère centrée sur les jumeaux lui manifeste peu d'attention. Le changement est brutal.

Rosalie suivait sa grand-mère pas à pas. Quand celle-ci racontait des histoires, elle posait son doigt sur les illustrations en demandant : « C'est quoi ça ? » Dans leur maison de campagne, son grand-père aimait partir la journée peindre le long de la rivière. Portant d'un côté son chevalet et une toile sous le bras et de l'autre, sa sacoche de tubes et de pinceaux à l'épaule, elle le regardait s'éloigner. Il se retournait lui faisant un signe de sa main libre auquel elle répondait. Quelques mètres plus tard, il s'arrêtait deux secondes, regardait l'enfant ravie qui agitait la main à nouveau et ils continuaient tous deux jusqu'à ce qu'il soit hors de vue. Ce rituel les amusait autant l'un que l'autre. Il ne rentrait pas déjeuner ces jours-là. Son épouse lui avait préparé un pique-nique rangé dans une musette de toile qu'il ajoutait sur son épaule. Toutes les deux le retrouvaient l'après-midi en longeant la berge. Pendant que sa grand-mère tricotait assise sur un pliant, Rosalie observait le peintre amateur sortir ses tubes de couleurs, effectuer des mélanges sur la palette, choisir les brosses avec précision et donner des coups de pinceau sur la toile. Trop petite, elle ne pouvait pas décrire, raconter. Dans cet environnement de nature et de bonheur tranquille, elle s'imprégnait de peinture.

Chez ses parents, puisqu'elle appelle Armand, « papa », elle joue seule dans sa chambre ou reste assise par terre sa poupée et son ours serrés dans les bras. La jeune fille la promène après sa sieste, parfois ses grands-parents viennent la chercher, elle se jette dans leurs bras. Mais elle n'est plus l'unique, ils s'intéressent aussi aux jumeaux. Inquiets pour leur fille, devenue femme au foyer, ils souhaitent la soulager des enfants pour lui libérer du temps pour elle. Rosalie s'efface et se retire sans bruit. Au Champ de Mars, elle croise quelques enfants de son âge, accompagnés par leur nounou.

Le soir, quand Armand rentre de son travail, il se précipite vers Madeleine. Après une étreinte chaleureuse, ils se posent au salon, se servent un verre et elle lui raconte les progrès des jumeaux. Rosalie attend sagement. Elle sait intuitivement qu'elle n'est pas la bienvenue lors de ces retrouvailles.

Deux ans plus tard, Madeleine met au monde un petit garçon prénommé Georges. Arnaud suivra un an après.

En six ans, Madeleine a donné naissance à cinq enfants. Elle est épuisée. Trop d'enfants trop vite. Et surtout cette colère qui gronde en elle et qu'elle se doit de taire. Elle restera à la maison, coincée par « ces » enfants. Pourquoi ne parle-t-elle pas à Armand ? Pourquoi se sent-elle coupable de ne pas désirer ses enfants ? Elle se reproche de ne pas ressembler à toutes les femmes et se tait. Impossible d'exprimer ce non désir de maternité, elle passerait pour folle ou malade. Alors Madeleine déprime et se meurt à petit feu de l'intérieur.

Rapidement, Rosalie apprend deux principes : « être responsable » et « faire plaisir ». « Responsable de ses frères et sœurs, responsable du bruit, responsable du silence, responsable des disputes, des cris, du calme, du désordre, du rangement, responsable de laisser se reposer sa mère enceinte, responsable de la jalousie de son frère ou sa sœur, responsable de ne pas en rajouter… » RES.PON.SA.BLE quoi qu'il se passe…

À cela s'ajoutent des : « Cela ferait plaisir à ta mère si tu faisais ceci ou cela… » « Fais plaisir à ton frère, donne-lui ton carré de chocolat, tu es grande, tu peux comprendre… » « Fais-moi plaisir… », mais jamais de : « Est-ce que cela te ferait plaisir Rosalie ? »

Rosalie respecte de son mieux toutes ces recommandations parentales. Elle s'entraîne sur sa sœur et ses frères à devenir « responsable » et à « faire plaisir ». Ils ne lui ont rien demandé, n'apprécient pas et la mettent à l'écart.

La légèreté et la joie des débuts du mariage se transforment en déception chez Madeleine qui développe peu à peu une forme d'agressivité vis-à-vis d'Armand. Elle se refuse à lui car elle ne veut plus d'enfant. La dynamique et l'unité de leur couple ont reposé aussi sur cette entente physique découverte dans la danse et poursuivie au lit. Le plaisir des corps les a libérés des tensions du quotidien, l'intimité partagée les a soudés, la douceur des caresses a ouvert leurs cœurs et la chaleur des étreintes les a apaisés. Mais la peur d'être à nouveau enceinte enferme Madeleine dans son amertume née de son impuissance à oser vivre ses rêves de femme active et libre. Des frustrations inavouées, des reproches permanents… Le « plus jamais salariée, plus jamais autonome car coincée par ces enfants que ce mari lui a fait… » tourne en boucle dans sa tête. Elle finit par y croire, étouffe ses rêves et rend son mari responsable de cet abandon. Armand l'excuse attribuant son humeur à la fatigue sans mesurer sa frustration d'être devenue une femme au foyer. Toutes ses tentatives de tendresse sont arrêtées net par Madeleine qui le rejette. Leurs longues conversations se raccourcissent. Progressivement, leurs échanges se résument aux enfants et aux affaires domestiques. Il n'est plus question de rêves ni de projets. La flamme qui les a unis vacille puis s'éteint sous le poids des non-dits, laissant un petit point rouge incandescent. Quel souffle pourra le rallumer ?

Les bébés sentent tout. Rosalie a connu le malheur de sa mère puis le bonheur retrouvé. Le bruit des sanglots, l'odeur des larmes lui sont familiers. Même si ses grands-parents l'ont choyée, sa mère lui a manqué. Elle n'a pas compris la raison de son absence. Peu à peu, son instinct l'alerte sur le retour du malheur dans la maison. Quand on a connu le désespoir au berceau, dès qu'il se profile, on le reconnaît. Est-ce que Rosalie, si sensible, capte cette vie qui meurt à l'intérieur de sa mère et de son père adoptif ? Est-ce que son intuition l'alerte sur les non-dits concernant sa naissance ? A-t-elle compris qu'elle n'appartient pas vraiment à cette famille-là ? Est-ce pour cela qu'elle se met en avant et devient un paratonnerre pour une fratrie qui la rejette ? Peut-être que la responsabilité qu'elle a bue au goulot très jeune l'incite à s'exposer maladroitement. Comme souvent, tout est mêlé.

Toujours est-il qu'à sept ans, Rosalie se sent responsable de tout, se culpabilise du manque de paix, d'harmonie, de calme de cette maison. Or, elle n'y est pour rien. Elle se charge de responsabilités et devance, encore et encore, le désir des autres. Perdant peu à peu le contact avec elle-même, elle navigue sans cap ni boussole interne. Elle apprend à restreindre ses sensations, ses intuitions, ses désirs, ses envies.

Heureusement Rosalie garde un secret dans son cœur d'enfant. Est-ce parce qu'elle associe le bonheur aux tubes de peinture de son grand-père quand elle le rejoignait au bord de la rivière avec sa grand-mère ? Peut-elle s'en souvenir, elle était si petite ? Toujours est-il que depuis qu'elle est rentrée vivre chez sa mère, souvent le soir dans son lit, en fermant les yeux, elle accède à un monde magique de couleurs. Des roses, des bleus, des verts... s'imposent, tournoient sous ses paupières closes puis disparaissent. Elle oublie tout et s'endort apaisée et heureuse comme une petite fille de son âge.

De son côté, Armand perturbé par cette atmosphère familiale pesante découvre l'inquiétude. Tout ce petit monde dépend essentiellement de lui sur le plan matériel. Dans cette période de croissance et plein emploi, il n'a aucune raison objective de se soucier mais il reste anxieux. Cette famille nombreuse, trop lourde pour son âge, développe en lui une peur de vivre insoupçonnable qui ne lui ressemble pas. Accusé par son épouse d'être responsable de la naissance de tous leurs enfants, il s'en veut. C'est lui qui a voulu sauver Madeleine, adopter Rosalie et fonder une famille.

Ces enfants qu'on lui reproche, il les aime sincèrement. Son énergie c'est auprès d'eux qu'il la puise. Bloqué dans ses contradictions, il sauve la face même si à l'intérieur la vie se retire.

Armand et Madeleine subliment pour se soumettre à ce qu'ils croient être leur chemin de vie. Arrondir le dos, ravaler ses aspirations et tenter de se contrôler sans succès. Ils s'accrochent, toujours plus, à des principes extérieurs pour trouver un sens à ce qui n'en a pas. Rosalie ingère cette énergie de mort-vivant qui se diffuse sans mot. Trop jeune pour en comprendre les causes elle capte, malgré elle, la dissonance et la souffrance de chacun. Elle absorbe encore et encore la peine et les frustrations de ses parents.

Le désespoir de sa mère coincée par ses enfants l'éprouve particulièrement. Elle voit ses yeux rougis. L'entend, enfermée dans sa chambre, sangloter des heures. Elle se sent impuissante.

Un après-midi, à l'heure de la sieste des deux derniers, les jumeaux jouant dans leur coin, comme d'habitude, Rosalie entend à nouveau des pleurs dans la chambre de ses parents. Après avoir frappé sans avoir reçu de réponse, elle ose entrer sur la pointe des pieds. Elle découvre sa mère allongée de tout son long sur le lit, la tête enfoncée dans ses bras, le corps secoué de sanglots. Rosalie approche tout doucement la main pour caresser l'épaule… et ne peut terminer son geste. Sa mère se redresse brusquement, le visage déformé par les pleurs en hurlant :

— C'est toi ! Va-t'en ! ! ! C'est votre faute tout ça ! Je n'ai pas le droit de vivre ! Vous m'empêchez de vivre ! Tu m'as empêchée de vivre !

Une voix tragique, de la violence dans ses yeux… Rosalie sort tremblante à reculons… Bouleversée… Ne pouvant parler à personne de ce qu'elle vient de vivre. Ne comprenant pas de quoi elle est responsable, une fois de plus, mais ce « Tu m'as empêchée de vivre ! … » de sa mère résonnera longtemps en elle. À un peu plus de sept ans, elle a déjà approché le désespoir de près.

Le soir même, Rosalie découvre une reine, pomponnée et souriante, les mains s'agitant pour sécher son vernis rouge et laissant derrière elle un sillage de parfum… Armand et Madeleine dînent en ville. Cette facilité à se métamorphoser l'inquiète même si ses parents sont beaux ce soir-là et qu'une légère odeur de bonheur flotte dans l'air.

Armand, grand et mince, porte avec allure son costume de ville, pochette blanche dépassant légèrement et souliers impeccablement cirés. Il regarde sa femme avec fierté. Madeleine toute menue, malgré ses cinq enfants, dans une petite robe noire rehaussée d'un long sautoir de perles noué comme dans les années trente a de l'allure. Elle lui sourit avec un élan. Ses cheveux bruns coupés à la garçonne dégagent son visage harmonieux. Son regard si triste habituellement pétille. Sa bouche aux lèvres ni trop fines ni trop épaisses, rehaussée par un rouge à lèvres vif attire. Madeleine dégage une originalité mêlée à de la modernité alors que sa tenue est pourtant très classique. Ce couple élégant aime sortir, oublier sa famille nombreuse et s'amuser comme avant… Avant… Avant les enfants ! Comme quand ils se sont connus à la sortie de la guerre… Ils ont tellement dansé. Une nécessité vitale de remettre de la joie, de la légèreté. Infatigables tous les deux, ils n'ont jamais imaginé se retrouver, à la trentaine, parents de cinq enfants. Ces soirées offrent une parenthèse enchantée dans cette vie subie. Une bolée d'air frais avant de replonger dans un quotidien morose, terne, éteint.

Pour Rosalie, bouleversée par cette expérience violente et secrète, rien ne sera plus comme avant. Elle ne comprend pas. Le peu d'insouciance qu'elle avait préservé disparaît. Elle sait la tristesse et les larmes que sa mère dissimule. Elle se sent encore plus isolée même si plus tard, elle tentera de partager ses découvertes avec les jumeaux, Laurent et Violaine, en âge de comprendre.

— Les parents sont malheureux.

— Qu'est-ce que tu racontes ? répond Laurent du haut de ses sept ans.

Rosalie insiste, elle cherche à partager ce qui l'affecte.

— Si, ils sont tristes

— Mais pas du tout, tu inventes toujours des histoires pour faire ton intéressante, ajoute Violaine en soupirant.

Et comme d'habitude, elle se fait rembarrer par son frère et sa sœur mais à chaque fois cela la surprend.

— Euh...

— Tu crois toujours savoir tout, mais tu te trompes, reprennent-ils complices.

— Mais non...

— Tu te rappelles, il y a longtemps, quand tu avais dérangé maman dans sa chambre et que tu l'avais mise en colère.

— Elle pleurait.

— Tu racontes toujours n'importe quoi, Maman elle ne pleure pas, pourquoi elle pleurerait ?

— Vous ne voyez et ne comprenez rien !

Rosalie a crié et elle s'en veut. Cette tentative ratée se retourne encore une fois contre elle et amplifie sa solitude. Alors pour ne pas parler des choses qui fâchent, elle se met à parler tout le temps. Ses frères et sa sœur lui reprochent de prendre trop de place. Trop tard, Rosalie se tait en parlant !

La sensation d'être une étrangère dans sa famille autant que l'impression d'être invisible pour sa mère l'isole. Son unique sœur, Violaine, inséparable de son jumeau, vit l'insouciance de l'enfance tandis que le voile s'est déchiré depuis bien longtemps pour son aînée. Leurs mondes ne se rejoignent pas. Laurent, chéri par sa mère, trop content d'être privilégié, l'évite agacé par son côté grande sœur parfaite. Quant aux deux derniers, ils font bloc. S'ils aiment, pelotonnés sur son lit, écouter Rosalie lire des histoires en mettant le ton, ils ne peuvent s'intéresser à ses états d'âme, trop jeunes pour cela. Ce rôle de sœur aînée vole son enfance.

À dix ans, Rosalie a acquis la certitude que les hommes ont plus de chance que les femmes. Sa solitude lui laisse le temps d'observer, d'analyser. Cela ne fait aucun doute, plus elle grandit plus elle sait qu'il est préférable d'être un homme pour avoir des chances de vivre la vie qui nous plaît. La preuve… quand elle regarde vivre ses parents !

Armand s'échappe de la maisonnée bruyante et agitée tous les matins. Il ne rentre plus déjeuner depuis un certain temps. Au dîner, chaque jour, il a des choses nouvelles à raconter : la vie politique ou celle de son entreprise, la prise de position de son chef, les problèmes rencontrés, les discussions avec un tel. Même si son épouse a connu, du temps où elle travaillait, certaines des personnes évoquées, elle l'écoute souvent le regard ailleurs et ne participe pas à la conversation. Elle n'a rien à dire excepté une rengaine. « Toujours ces mêmes histoires de couches et d'organisation habituelle de la maison, tu le sais bien », soupire-t-elle à son mari presque chaque soir. Quand il s'absente durant plusieurs jours sur ses chantiers, il rentre joyeux et dynamique avant de s'éteindre à nouveau dans cette atmosphère étouffante de reproches. Il ne sait plus comment se comporter devant cette femme désespérée.

Madeleine s'acharne à tenir sa maison d'une manière exemplaire, malgré les cinq enfants. Elle se veut mère irréprochable alors qu'elle s'accable de reproches. Elle ne s'aime pas et n'aime ni sa vie, ni son mari, ni ses enfants. Mais ces choses-là, se reproche-t-elle, il faut être un monstre pour oser les exprimer.

L'observant, Rosalie acquiert l'intime conviction que la femme subit et se réduit si elle n'est qu'une mère.

Quel dommage que Madeleine ait connu le malheur d'un amour raté qui a brisé ses rêves et son désir d'être mère ! Cette douleur si forte l'a amenée à voler une partie de la vie de sa fille en lui cachant ses origines. Le choix d'Armand n'en aurait été que plus beau et créateur pour Rosalie.

Alors, comment se projeter dans un futur quand vous ne voulez ressembler ni à votre mère ni à votre père ? Comment se construire quand aucun adulte ne vous donne envie de devenir adulte ? Quel programme ! Du malheur, de la déception… Mais rien pour donner envie de vivre.

Rosalie se promet de ne pas subir et décide, en secret, qu'elle n'aura pas d'enfant. Son petit caractère s'affirme soutenu par une logique enfantine. Puisque les enfants rendent les mères malheureuses, inutile d'en « fabriquer »: simple et imparable. Cette première décision lui donne une bouffée d'air. Elle porte un projet d'avenir enfin ! Elle ne fera pas comme eux, ses parents.

L'année des onze ans de Rosalie, Armand retrouve des amis de jeunesse. Madeleine les apprécie, elle les a croisés, avant-guerre, lors de ses étés joyeux en Bretagne. Cette rencontre permettra à la puissance de la vie de revenir s'engouffrer dans cette famille. Le feu couve, il n'est pas tout à fait éteint, les quelques braises de vie ne demandent qu'à s'enflammer.

Rosalie fait la connaissance de Victor, aîné lui aussi mais de trois enfants. Il vient d'avoir douze ans. Ses idées, sur la vie et les adultes, sont aussi affirmées que celles de Rosalie. Elle est brune, il est châtain clair. Elle porte deux nattes terminées par des nœuds. Lui, des épis indomptables, un semblant de frange et une nuque rasée. Des yeux marron pour elle et bleus pour lui. Maigrichonne ou menue ? Difficile à définir au premier regard tant elle flotte dans des habits trop larges. « Une taille au-dessus, impose sa mère, tu grandis trop vite, cela durera plus longtemps ». Boudiné dans sa culotte de peau ramenée d'Allemagne par son père, lors d'un voyage organisé par la Chambre des députés il y a deux ans, le visage rond, un corps gonflé et mou, Victor fuit le regard des adultes. Rosalie, elle, les fixe pour voir ce qu'ils ont à l'intérieur. Son regard perçant de petite fille les met mal à l'aise.

Une rencontre improbable tant ils semblent si différents. Pourtant la vie leur offre ce cadeau : sortir de l'isolement créé par leur statut d'aîné de familles malheureuses. Cette amitié possible pourrait-elle réinjecter de la vie et remplacer le désespoir ?

CHAPITRE 2 : TÉNÈBRES

Tout bébé, Victor connaît les ors de la République. Son père, Albin, vient de terminer l'École libre des sciences politiques de Paris et entre, grâce à un de ses oncles, à la Chambre des députés dans un service interne.

Adolescent durant la Seconde Guerre mondiale, Albin s'est nourri de héros, de traîtres, d'une France à défendre et à reconstruire. La politique le passionne, il veut y participer. Timide, ayant même peur des gens, il ne peut envisager de se présenter à des élections. Il souhaite rejoindre le corps des hauts fonctionnaires pour devenir administrateur à la Chambre des députés. Une petite voix intérieure lui souffle : *tu pourras accoler ton nom à une réforme importante et t'inscrire dans l'Histoire* ! Il espère, secrètement, être repéré par un homme politique en vue pour être aspiré et associé à sa réussite. Le pouvoir et ses attributs le fascinent. Sa peur des autres diminue depuis qu'il fait partie de ceux qui travaillent à la Chambre. La lueur de respect qu'il croise dans les yeux de ses interlocuteurs ainsi que leur distance prudente, malgré son jeune âge, le ravissent. Il doute tellement de lui-même qu'il dépend des autres pour exister. L'originalité de son prénom lui semble un atout pour se construire un nom.

Sa rencontre avec Mélanie, sa future épouse et mère de ses enfants, le rassure. Devant cette jolie jeune femme, au caractère peu affirmé, lui semble-t-il, il se sent fort et solide. Il ne la regarde que pour ce qu'elle apporte à son image sociale. Il ne la voit pas en tant que personne mais en tant que faire-valoir. Il ne sait pas aimer puisqu'il ne s'aime pas. Il l'aime pour ce qu'elle représente. Et puis, il n'est pas question d'amour mais de carrière à réussir. Et pour cela, pense-t-il, *savoir choisir sa femme est primordial*. Il a choisi d'instinct une belle personne, mais pour de mauvaises raisons, au risque de détourner la parfaite trajectoire.

Bien élevée, discrète, Mélanie enseigne l'histoire et la géographie en classes de quatrième et troisième dans une école religieuse de filles. Dans ce milieu traditionnel, une femme qui exerce un métier, alors qu'elle n'a pas besoin de travailler, détonne. Pour cet homme, qui rêve de puissance, séduire une professeure d'histoire-géographie n'est pas dangereux. Au contraire, Albin pense que cela le valorise et même qu'il appartient à un cercle très fermé de précurseurs. Pendant que ses amies se marient et accouchent de leur premier enfant, sa future femme étudie à l'Université ! Leurs familles se connaissent depuis des années. Albin se déclare l'année durant laquelle Mélanie commence à enseigner. L'idée que sa femme professe lui plaît. Il appartient à une élite. Comme il est fier, lors des municipales ouvertes au premier vote des femmes en 1945, d'aller voter avec Mélanie à son bras. Il vit cette ouverture d'esprit comme une supériorité vis-à-vis d'autres hommes hostiles à ce que les femmes deviennent des citoyennes à part entière. Les études et les lectures de Mélanie l'ont éveillée à la politique. Elle a ressenti une joie véritable à glisser son enveloppe dans l'urne et à entendre une voix de stentor clamer : « A voté ! ».

La sérénité de son épouse rassure Albin. Mélanie ne se pose pas toutes ces questions. L'agitation et l'ambition de son homme l'amusent. Et puis il est si bien élevé, pas un mot plus haut que l'autre. Elle se sent bien dans sa vie.

Dès la naissance de Victor, Albin lui propose d'arrêter son travail, même si les horaires et les vacances scolaires rendent le métier d'enseignant très compatible avec une vie de famille. Son mari quémande son soutien et sa disponibilité arguant ses horaires à rallonges imprévisibles à la Chambre. La blonde Mélanie touchée de se sentir aussi indispensable accepte sans mesurer qu'elle vient de s'amputer et de s'emprisonner. Heureuse de rester chez elle à tenir sa maison, elle s'occupe de son premier blondinet et se réjouit de pouvoir lire en attendant son époux. Pour Mélanie, la lecture est de l'ordre du vital ! Le temps passe vite.

Albin a voulu, absolument, acheter un canapé. Une façon de se démarquer et d'introduire la modernité dans leur intérieur. Pendant la sieste de Victor, Mélanie s'y allonge de tout son long un livre à la main ou se colle à Albin le soir dans leurs conversations. Position impossible dans un fauteuil crapaud ou Voltaire.

Sa maternité la comble. Un deuxième garçon puis un troisième pointent leur bout de nez tous les deux ans. Mélanie est ravie. Elle aime éduquer, la pédagogie la passionne. Tout à la joie d'élever ses enfants elle apprécie aussi sa liberté. Son homme se dépense tant et plus pour la France en pleine reconstruction… *Il en fait un peu trop*, pense-t-elle souvent avec un sourire amusé, *mais c'est sa nature.*

Parfois elle dîne avec les enfants d'autres fois elle l'attend. Mais chaque soir, elle prend plaisir à écouter Albin, quelle que soit l'heure de son retour. Il en a besoin, pense-t-elle, sans s'avouer qu'elle attend aussi ce moment pour se nourrir. Il lui raconte les coulisses du pouvoir en se donnant un rôle plus important que dans la réalité. Mélanie ne croise pas son regard car elle est généralement allongée la tête posée sur ses genoux. Assis sur le canapé, tout en parlant, Albin lui caresse d'une façon mécanique les cheveux et elle voit, quand elle ouvre les yeux le bas de son menton s'agiter. D'autres fois, déjà couchée un livre dans les mains, elle le pose quand elle entend le bruit de la porte d'entrée et bondit à la rencontre d'Albin tout en enfilant un ancien kimono de sa mère. Il se sert un verre pendant qu'elle le rejoint sur le canapé du salon. Ils vivent côte à côte sans heurt. Mélanie comprend la nécessité pour Albin de se vider des tensions de la journée en lui parlant. Et puis, elle a la sensation de participer à l'histoire de France de l'intérieur… Que c'est grisant ! Elle vit par procuration avec ses livres et son mari mais ne s'en rend pas compte. Appréciant sa disponibilité elle lui épargne les tracasseries du quotidien. Il ne pose aucune question et donne à Mélanie l'argent dont elle a besoin puisque les femmes n'ont pas encore le droit d'ouvrir un compte bancaire à leur nom. L'image d'une famille harmonieuse.

Malgré ses efforts, ses propositions, sa disponibilité importante, Albin n'est toujours pas reconnu à sa mesure ! Il s'impatiente. Ces années d'après-guerre sont agitées pour les institutions. Albin n'a rien compris aux relations humaines qu'il n'envisage qu'en termes de domination ou soumission. Aucun homme politique ne souhaite cet homme jeune et arrogant dans son équipe rapprochée. Son rêve de reconnaissance lui échappe. Une graine de frustration métissée d'amertume germe en lui et produit un mélange mortifère. Son mépris des autres paraît minime en comparaison de celui qu'il éprouve pour lui-même. Il devient, parfois, cassant avec son épouse, ce qui est inhabituel pour lui qui est si policé. Mais comme cela ne dure pas, Mélanie ne réagit pas et lui trouve des excuses.

Toute à ses hommes, petits et grands, elle perçoit une drôle de vibration dans l'air dont elle ne connaît pas la cause. Elle respire le négatif, la fermeture, le dur sans en comprendre l'origine. *Que se passe-t-il, je ressens une impression bizarre ? N'y pensons plus, la fatigue me joue des tours.* Elle se croit heureuse. Son mari l'associe à sa vie, tout va bien. Elle ne creuse pas plus loin.

À la rentrée de Victor en 11e – ce qu'on appelle CP ou cours préparatoire de nos jours – la graine s'est développée en plante hybride qui envahit la personne d'Albin. Elle pointe le bout de ses feuilles vénéneuses. La découverte de l'école est un choc violent pour son fils aîné. Victor n'est pas passé par la maternelle, ses parents ont préféré le laisser à la maison jouer avec ses frères et profiter de son enfance. Contrairement à ce qu'il vit dans sa fratrie, « les grands » de neuvième ou huitième le bousculent sans précaution et s'amusent à l'effrayer. Il est tétanisé. La douceur et la chaleur de sa mère lui manquent amèrement. Il pleure tant et tant lors des retours à déjeuner chez lui, le premier mois d'école, que ses parents, sur les conseils du directeur, l'inscrivent à la cantine pour l'endurcir. Il devient le souffre-douleur de sa classe : « Bébé Cadum... le chouchou à sa maman... poule mouillée... va pleurer dans les jupes de ta mère... pleurnicheuse... ».

Découvrant que son fils ne s'intègre pas, ne se défend pas et surtout ne devient pas un meneur capable de clouer le bec à ces petits morveux qui osent l'attaquer, Albin est furieux. Il ne supporte pas l'image que lui renvoie son fils. Il se tait. Dans sa tête il nomme la fautive : « Mélanie ! ». Elle l'a couvé sans le préparer à l'école et à la vie en groupe. On ne peut pas lui faire confiance. Pourtant l'enfant s'habitue, trouve ses marques après quelques mois mais reste anonyme, dans la masse. Alors que son père rêve pour lui et son fils d'une réussite qui lui échappe. L'harmonie régnant dans la maison se fissure peu à peu. Victor a trouvé ses marques et il est bien ainsi. À la distribution des prix de fin d'année, Albin ne supporte pas de voir que son fils n'a ni le premier prix, ni le second, ni même un accessit. Le nom et prénom de Victor sont cités une seule fois... pour la musique ! Il reçoit un livre sur la vie de Mozart. Son père ne l'entend pas de cette oreille. Son fils l'humilie.

À la rentrée de Victor en dixième, Albin prend son fils en main puisque *Mélanie en est incapable*. L'enfant se bloque et son père se déchaîne contre lui sans succès. Peu à peu, ivre d'impuissance, il devient ivre de rage. La plante crache son poison à travers lui. Au début, seuls les mots humilient Victor, le blessent et s'enfoncent dans les plis de son être en devenir.

Mélanie tente bien de s'interposer : « Albin n'en rajoute pas, c'est déjà si difficile pour... ». Elle ne peut terminer sa phrase qu'Albin hurle : « Tu vas la fermer, c'est de ta faute si ce môme est comme ça... ». Jamais personne n'a parlé ainsi à Mélanie, ni même devant elle à une autre personne. Elle le sait, cela existe puisqu'elle l'a lu dans les livres et les journaux. C'est réservé, pense-t-elle, à d'autres milieux que le sien. Une telle vulgarité est impensable entre gens bien élevés. Pendant et après la guerre, sa mère et sa tante – qui l'ont élevée – l'ont préservée de la vie réelle. Surprise devant cette violence inattendue elle est comme paralysée.

Désarmée, elle s'appuie sur son éducation : si quelqu'un commet une erreur, éviter de le remarquer. Or, il ne s'agit pas de bonnes manières. Puisqu'Albin a oublié les siennes, il faudrait les lui rappeler. Hélas, elle ne pose aucune limite à son mari et donc au père de son fils. Elle ne réalise pas qu'il ne la respecte pas en lui parlant ainsi comme il ne respecte pas Victor et qu'elle se doit d'adopter une attitude ferme pour l'arrêter. Première erreur.

Puis, Mélanie donne le change comme si de rien n'était et entame une conversation banale sans un regard pour son fils. Sous le choc, elle se raccroche aux apparences mais il ne s'agit pas de cela. Son fils est en danger. La politesse n'a pas sa place dans cette situation. Elle se doit de le protéger en tant que mère, comme elle doit se protéger en tant qu'épouse mais elle ne le fait pas. Deuxième erreur.

Victor baisse les yeux, il lutte pour ne pas pleurer et ne rien montrer. Il est seul !

Après les mots ignobles, orduriers et humiliants l'année suivante, Albin passe à la violence physique. Un soir, il dégrafe sa ceinture, pour apprendre à Victor à s'endurcir car il « pleurniche comme une fille » sous les coups des mots… « Tu vas avoir une vraie raison de pleurer, maintenant, apprends à ne rien ressentir, c'est comme cela qu'on devient un homme ! ». Et chaque soir à son retour Albin cingle Victor avec sa ceinture pour une raison incompréhensible mais différente à chaque fois. De fils chéri il passe à fils honni. La plante prolifère et occupe de plus en plus d'espace dans le corps et l'esprit d'Albin amplifiant son inhumanité. Mélanie pleure en silence. Elle ne bouge pas pour protéger son fils. Elle est perdue… Ne reconnaît plus son mari… Après les cris et les coups, il s'installe dans le salon et se sert un verre de whisky. Est-ce une récompense ? Pour se donner du courage ? Pour oublier ? La violence s'est emparée de ce foyer. Elle en constitue l'ordinaire sournois qui se cache pour l'extérieur mais se vit au-dedans au quotidien.

Victor prend des coups de ceinture, sans vraiment comprendre pourquoi. Il est seul, terriblement seul. Sa mère ne le regarde plus. Il est un reproche vivant, même sans un mot. Elle sait qu'elle a abandonné son rôle de mère vis-à-vis de son fils aîné. Parfois, elle réfléchit à l'envers, pensant à Victor comme le responsable du malheur. La cause et non la victime. Oubliant que son mari déséquilibré est un père dangereux. Ces deux mots « père » et « dangereux » sont des mots qui ne vont pas ensemble. Ils sortent même de l'entendement habituel. Mélanie serre toujours contre elle les deux derniers. Victor voit ses larmes, ses yeux rougis, ses paupières gonflées, les cernes noirs qui se creusent. Un masque fige ce visage tant aimé que n'éclaire plus un sourire ni ses beaux yeux bleus devenus gris et sans vie. Alors il se tait pour ne pas en ajouter, il a un peu plus de neuf ans. Son calvaire ne fait que commencer.

Victor apprend à se dédoubler. Docile et attentif à l'école pour passer inaperçu. Passif et attendant ses coups à la maison. Il observe son père, sait quand son géniteur va le cogner, l'incendier, le pourrir… Il sait aussi que ce père se soulage en frappant. Il devine sa honte de ne pouvoir se retenir et l'histoire qu'il se raconte pour se justifier : « Je dois endurcir Victor… C'est pour son bien… ». Témoin du mensonge paternel, il devient le mensonge vivant aux yeux de son bourreau. Seule l'impuissance de ce père justifie sa violence. Ce fils maudit révèle sa part d'ombre qui l'enferme dans sa barbarie « C'est de sa faute ! C'est de la faute de Victor, je n'ai pas le choix ! » se raconte-t-il.

Peu à peu le corps de Victor enfle. La douleur des coups l'empêche de se mouvoir fluidement et rapidement. Ses camarades de classe le surnomment : « Soufflé… Baudruche… Outre… Bouboule ! » mais ces mots glissent sur cette chair violentée et rebondissent sur son esprit prêt à mourir. L'enfant accepte son malheur pour protéger sa mère ainsi que ses frères de ce monstre qu'est devenu son père. Il aime tant sa mère. Il est tellement désolé d'avoir introduit le malheur dans la famille. Il en porte la responsabilité, c'est de sa faute c'est certain… Le père ne s'attaque ni à sa femme ni aux deux autres enfants que la mère couve. Pourquoi s'est-elle mis dans la tête qu'elle ne peut pas protéger tous ses enfants ? Les différentes institutrices de Victor, de la neuvième à son entrée en sixième, ne se douteront de rien. Le père organise tous les ans, une visite à la Chambre des députés pour les élèves et les maîtresses. Il est admiré, remercié, célébré. On lui parle avec déférence. Devant tout le monde, il pose une main sur l'épaule de ce fils méprisé qui ne bronche pas. Il paierait le soir même, par une violence redoublée, le moindre mouvement de recul. La victime connaît intimement son bourreau de père, il n'y a plus besoin de mot. La violence s'épanouit dans le consentement muet qui la rend inaudible.

Parfois, Albin croise le regard de sa femme apeurée. Il ne la supporte plus. *Qu'elle se taise ! ! !* pense-t-il alors qu'elle ne parle plus. Il sent son mépris après avoir senti son étonnement. *Et alors, je me moque de son dégoût, c'est elle la responsable ! Mon fils aîné en qui je mettais tous mes espoirs n'est qu'un pédé… ou un futur pédé mais c'est la même chose… Il va voir ce qu'on fait aux tantouses… !* Il n'est plus question de fils, de son fils, de son enfant. Victor perd son prénom, son identité… Il devient une chose, un objet à mater… Les frustrations du père, sa déception, son amertume le rendent fou, tortionnaire, sadique, bourreau, persécuteur, criminel… Albin sait bien qu'il n'est plus un père. Il a honte, parfois, d'avoir libéré la bête en lui. Pour s'échapper de cette violence qui le torture, il se raconte qu'il n'y est pour rien, que ce n'est pas de sa faute. Cet affreux rejeton lui en fait voir de toutes les couleurs. Au fur et à mesure du temps, il devient la bête obscène, immonde. L'année de l'entrée en sixième de Victor, il ose franchir l'irréparable de la domination abjecte sur son fils qui n'est plus son fils mais sa tête de Turc. Il arrête la ceinture et la remplace par le viol qui ne laisse pas de trace visible mais s'imprègne et s'intègre, hélas à vie, dans l'esprit et le corps.

Albin s'est transformé en criminel en col blanc ! Le malheur est dans cette maison depuis plusieurs années mais maintenant c'est la mort qui l'habite.

Durant ces années d'horreur, Victor ne redouble aucune classe. Une première victoire qui semble impossible ! Comment a-t-il trouvé la force en lui ?

Il a espéré mourir et la mort n'est pas venue. Il a compris que personne ne viendrait à son secours. Les parents ont encore droit de vie ou de mort sur leurs enfants, dans les années cinquante. Bien que cet acharnement s'installe dans la durée, il n'a pas de colère contre son père. Il se croit responsable. L'incompréhension de ce qui lui arrive lui permet de ne pas se fermer à la vie. Il y a sûrement autre chose à vivre que ce malheur. Selon les jours, il oscille entre la volonté d'en finir et une envie désespérée de vivre.

Profondément malheureux mais pas encore brisé, il s'accroche à une résolution. Celle de ne pas se laisser réduire à ce que les autres disent de lui – son père, ses camarades d'école. Alors, il retrouve un semblant d'énergie et se promet de ne pas redoubler. Quelle sagesse ! Si jeune pourtant ! Il aurait pu se promettre d'arriver en tête de classe pour suivre la volonté de son père. Il a bien essayé au début mais cela n'a pas marché. Il n'est pas excellent mais moyen. Cela ne le dérange pas. Il ne comprend pas ce que son père attend de lui. Sa vitalité – et c'est à cela qu'on voit que l'emprise paternelle n'a pas totalement aspiré toute sa liberté – se révèle dans sa capacité à se fixer un but accessible : ne pas redoubler. Toute son intelligence de vie tient dans cette décision minimale et réaliste. Il ne redoublera pas espérant chaque année que son nouveau maître ou sa nouvelle maîtresse pourra l'aider puisque sa mère n'y arrive pas.

Certains enfants, même s'ils n'en parlent pas, savent retrouver au plus profond d'eux-mêmes le royaume des chevaliers et des fées.

Et puis dans le mot « victoire », il y a Victor comme Victorieux. Son prénom devient sa force pour croire en son étoile et vaincre l'adversité.

Durant son année de sixième, la pire de sa vie, ses parents retrouvent des amis d'enfance par hasard. Cette rencontre sera la chance de Victor. Sa vie va se transformer et il rencontrera celle qui le sauvera sans le savoir et deviendra sa meilleure amie.

CHAPITRE 3 : FISSURE

Mélanie, Albin et Armand se sont connus enfants en Bretagne, sur la côte d'Émeraude. Ils s'y sont retrouvés aux vacances de Pâques et tous les étés. À l'adolescence la guerre les a séparés ; ils se sont perdus de vue. Des années plus tard, un dîner en ville parisien leur permet de se retrouver.

Les deux femmes se sont croisées l'été précédant la guerre. Madeleine a accompagné sa tante de Lancieux venue rendre visite aux parents de Mélanie dans leur maison de Matignon. Les jeunes filles ont apprécié leur après-midi passé ensemble. La guerre a brisé leur projet de retrouvailles sur Paris, elles ne se sont jamais croisées depuis. Des années plus tard, jeunes femmes et jeunes mères, elles se découvrent et s'apprécient.

Dans le but d'aérer les enfants, les deux familles prennent l'habitude de se rejoindre le dimanche après-midi dans un parc, au jardin du Luxembourg ou au Bois de Boulogne.

Madeleine, qui adore recevoir, les a invités plusieurs fois sans qu'ils lui aient rendu la politesse. Tous leurs amis le savent, on ne peut rien organiser avec Albin, il est souvent pris au dernier moment à l'Assemblée c'est pourquoi Mélanie sort parfois seule chez des très proches. Le couple n'invite jamais à Paris. Parfois, ils « rendent leurs invitations », comme on dit, durant leurs vacances en Bretagne.

Mélanie a hérité de la maison de Matignon, petite ville située à cinq kilomètres de Saint-Cast, station balnéaire où les parents de Rosalie passent leurs vacances depuis des années dans la villa familiale. Lors d'une promenade dominicale dans le parc de Saint-Cloud, une invitation à déjeuner est lancée par Albin pour les prochaines grandes vacances. Les quatre adultes marchent de front tout en devisant, les enfants courent les uns après les autres.

— Tu sauras retrouver le chemin Armand ?

— Bien sûr, Mélanie. À la sortie de Matignon, en direction de Lamballe, sur la gauche une allée de marronniers. Après une centaine de mètres, encore sur la gauche une grande grille blanche à volutes en fer forgé. Et tout au fond on aperçoit la maison de ta mère et ta tante !

— Quelle mémoire ! siffle Albin !

Armand sourit et avec un air complice cherche le regard de Mélanie.

— Je suis venu à bicyclette tellement de fois pour jouer au *Barbu* ou au *Monopoly* !

Par peur de recevoir une remarque humiliante de la part d'Albin, Mélanie évite d'en rajouter et change de sujet.

— Tu sais Madeleine, l'histoire de Matignon[4] remonte au Moyen Âge… « Petite ville mais grand renom » selon le dicton populaire. Elle est liée à la famille Grimaldi, les princes de Monaco…

Albin interrompt sa femme brutalement.

— Arrête d'étaler ta science, la professeure d'histoire…

Irrité, il accélère le pas pour obliger Armand à le suivre et laisser les deux femmes stupéfaites derrière eux.

Comme convenu, au début des vacances d'été, la famille de Rosalie se rend à Matignon pour un déjeuner chez les parents de Victor. Alors que la voiture s'engage dans l'allée, Madeleine s'écrie :

— J'ai cru, à cause de la guerre, avoir idéalisé ce souvenir. Mais non, la maison n'a pas bougé même si je ne l'ai vue qu'une seule fois.

Avec ses volets de bois rouge carmin, au rez-de-chaussée et au premier étage, les lucarnes sous le toit, ses murs de granit, les bordures d'hortensias roses virant au bleu qui s'arrêtent au ras des fenêtres, les massifs de fuchsias rouges devant le mur de pierres sur le côté, le palmier entouré d'un buisson de buis circulaire d'où part la grande allée de marronniers et de rhododendrons qui conduit à la grille, la demeure dégage un charme certain.

Après les salutations d'usage, contournant la bâtisse ils découvrent une prairie dans laquelle les enfants se précipitent pour gambader et grimper aux arbres. Sur le côté, des rangées de cassis, groseilles et framboises profitent des rayons de soleil, protégées par le mur de pierres.

Ce lieu dégage quelque chose d'apaisant. Mélanie y a passé tant de vacances heureuses et une partie de la guerre avec sa mère et sa tante après la mort de son père.

La maison située sur la petite commune de Matignon, dans les Côtes-du-Nord[5], a perdu son vrai nom, bien avant la naissance de Mélanie. Quand l'hôtel Matignon, localisé à Paris est devenu en 1935 la demeure du chef de gouvernement, le grand-père de Mélanie et ses cousins ont rebaptisé avec humour la maison *Matignon*, même si cela n'a jamais été officialisé. Albin y a vu un signe prémonitoire pour son avenir qui pesa, évidemment, dans sa décision d'épouser Mélanie.

— Tu veux faire quoi plus tard ? demande Rosalie à Victor.

— De la photo.

— Tu veux être photographe ?

— Oui, je veux regarder les gens à travers mon appareil pour les comprendre.

— Tu peux pas en vrai ?

— Non.

— Pourquoi t'as besoin d'un appareil photo ?

— Parce ce que je veux garder les visages pour les observer et comprendre ce que je ne comprends pas.

— Ben tu peux quand même le faire en vrai.

— Non ! Ça passe trop vite et après c'est trop tard, c'est effacé.

— Ah bon, la photo ça efface ?

— Non c'est en vrai que cela efface.

— Je comprends rien de c'que tu dis ! réplique Rosalie levant les yeux au ciel.

— Tu peux pas comprendre ma vie ! soupire Victor.

Rosalie respire l'odeur du désespoir sur lui, une senteur familière devenue presque une compagne de vie. Poser des questions à Victor pourrait déboucher son propre flacon de parfum. Il est si difficile et douloureux d'enfermer la senteur du désespoir. Elle l'a reconnue, cela lui suffit. Elle sait. Alors elle se tait et se rapproche de lui.

Ils restent assis sur la grosse branche d'un vieil arbre, leurs jambes se balancent dans les airs. Personne ne peut entendre ce qu'ils se disent. Isolés et en même temps visibles de tous, les aînés dominent la situation. Les plus jeunes n'ont pas le droit de les déranger et courent autour de l'arbre pendant que les jumeaux complotent, comme d'habitude, furieux d'avoir été écartés.

Après un long moment de silence, Rosalie sort de ses pensées.

— T'as vu, tes parents et mes parents ont les mêmes lettres ?

— Quoi ?

— Mes parents comme les tiens sont A et M.

— A et M ? interroge Victor.

— Oui, ils s'appellent Armand et Madeleine. Tes parents, leurs prénoms commencent par A comme pour mon père et M comme pour ma mère.

— Oui je sais, Albin et Mélanie !

— C'est rigolo, tu ne trouves pas ? Ça nous fait un point commun.

Pas sûr, répond Victor.

— Pourquoi ?

— Parce que j'espère que ta famille n'est pas comme la mienne.

— T'es pas bien dans ta famille ?

— …

Victor se tait et baisse très légèrement la tête.

Depuis qu'ils se sont rencontrés à Paris, il y a quelques mois, c'est la première fois que Rosalie et Victor se trouvent seuls sans risquer d'être dérangés par les plus jeunes.

Victor soupire, semble prêt à ouvrir la bouche puis se ravise. Nouveau soupir interrompu par :

— À table ! À table ! Allez vite vous laver les mains ! crie Armand, le père de Rosalie.

Zut, Victor allait dire quelque chose, pense-t-elle rapidement.

À l'arrière de la maison, une longue table, posée en bordure de la prairie, recouverte d'une nappe rayée de bandes de différents bleus attend les convives. La vaisselle bretonne de chez Henriot, bleue et blanche avec les fleurs de lys, rappelle à tous leurs souvenirs d'enfance. L'argenterie brille. Les quatre plus jeunes se placent à côté de leurs parents et les grands en bout de table. Mélanie garde ses deux derniers, âgés pourtant de dix et huit ans, collés à elle. Victor s'est précipité à l'extrémité bousculant Rosalie et les jumeaux. Il garde la tête baissée.

Albin hurle :

— Victor va chercher le pain !

Madeleine lève la tête, elle ne reconnaît pas la voix d'Albin. Une voix dure, coupante, cassante. Victor se précipite vers la cuisine sans un regard vers son père, on dirait qu'il a peur. Mais de quoi ?

Rosalie regarde sa mère étonnée, elle aussi. Rien d'extraordinaire mais quelque chose est anormal : cette bousculade pour s'asseoir au bout de la table, puis la précipitation de Victor pour aller à la cuisine et la voix tranchante de son père.

Victor revient avec la corbeille à pain.

— Pose-la là, dit son père d'un ton sec.

Mais Victor reste devant la table sans poser la panière. Son père se retourne et avance le bras pour l'attraper. Victor se recule, levant le coude comme pour se protéger… Albin rit fort, trop fort, et s'adresse à Madeleine, l'air moqueur :

— Je ne sais pas ce qu'il a aujourd'hui, ta présence le perturbe !

À la fin du déjeuner, les grands desservent la table, apportent à la cuisine, assiettes, couverts, plats et verres que les mères empilent à côté de l'évier. Puis, elles préparent le café.

Pendant que Mélanie remplit la bouilloire pour chauffer l'eau qui servira à la vaisselle, Madeleine attrape une bassine émaillée.

— Laisse, je la ferai quand vous serez partis. J'ai préparé la bouilloire comme d'habitude, mais je n'avais pas l'intention de laver la vaisselle pendant que vous êtes là.

Madeleine repose la bassine sous l'évier en pierre.

— On la fera ensemble après le café, sans les hommes, on pourra se parler tranquillement.

Le lave-vaisselle n'existe pas encore. Chez Mélanie et Albin, depuis le départ de la cuisinière et son mari à la mort de la tante, seule une femme de ménage travaille deux fois par semaine. Elle emporte aussi le linge sale dans la remorque de sa bicyclette et le rapporte lavé et repassé.

En quittant la cuisine, Madeleine s'arrête au salon pour récupérer le cardigan qu'elle a laissé sur un fauteuil et aperçoit Albin tendre un petit verre d'alcool à Victor. Elle ne peut s'empêcher d'intervenir.

— Mais qu'est-ce que tu fais Albin, on ne donne pas d'alcool à un enfant !

— Je ne lui donne rien, répond-il, fermé, en lançant le contenu du verre dans la cheminée.

Madeleine s'approche et lui prend le bras.

— Viens, le café nous attend dehors. Quelle magnifique journée !

Albin se retourne vers Victor qui ne bouge pas.

— Toi, Victor va retrouver Rosalie qu'est-ce que tu fais ici ? crie-t-il.

Victor sort en courant, Madeleine lâche le bras d'Albin pour attraper son cardigan. Il lui cède le passage et ensemble ils se dirigent vers Mélanie et Armand.

Madeleine est perplexe. Dès son arrivée, l'air triste de Mélanie l'a surprise. Elle est négligée. Ses cheveux ternes, un peu gras, sont rassemblés dans une queue de cheval improbable. Son pantalon et son pull à col en V sont usagés, tachés. *Elle aurait pu se changer*, pense-t-elle. Mélanie se tient en retrait comme apeurée. *À Paris, pourtant elle est soignée… mais,* se souvient-elle, *elle est seule bien souvent. Albin ne doit plus la regarder sinon il l'aurait alertée.* Et puis, elle passe à autre chose.

Mais elle reste préoccupée et une autre pensée la traverse. Elle se rappelle que durant le déjeuner Mélanie n'a pas ouvert la bouche et a laissé son mari mener la conversation centrée autour de ce qui lui donne du pouvoir sur les autres : les commérages politiques. Cela ne lui ressemble pas.

Assis dans des transats, protégés du soleil sous le tilleul, ils prennent le café. Les enfants viennent tremper un sucre dans la tasse de café ou le pousse-café de leurs parents. Les adultes boivent du lambig – une eau-de-vie de cidre – ou de la liqueur de cassis servis dans des petits verres en argent, comme le faisaient leurs propres parents.

Victor et Rosalie remontent sur leur arbre pendant que les autres enfants jouent à chat. Ils restent silencieux. On entend seulement le bruit des ongles de Victor grattant nerveusement l'écorce. Il cache son regard derrière sa frange qui n'a pas été coupée depuis un moment. Quelque chose a changé depuis le déjeuner. Victor n'est pas comme d'habitude. Même si son malaise prend de la place, il ne perturbe pas Rosalie qui apprécie la présence de son camarade et leur connivence même si pour le moment ils sont isolés chacun dans leur monde.

Armand propose une cigarette à Madeleine et Mélanie qui acceptent. Comme Albin ne fume pas, il écarte son transat de leur trio.

Madeleine se tourne vers Mélanie.

— Quand as-tu repris *Matignon* ?

— Nous l'avons..., commence Albin avant qu'Armand l'interrompe.

— Albin laisse parler Mélanie, c'est sa famille.

Puis regardant Mélanie, Armand reprend :

— Je me souviens très bien de tes parents, de ta tante, c'était la sœur de ta mère ?

Mélanie s'anime à l'évocation de ces souvenirs.

— Oui, elles étaient très liées toutes les deux.

— ... et les fameuses parties de *Barbu*, poursuit Armand laissant sa mémoire dérouler le fil.

— Maman est morte, il y a à peu près cinq ans, trois mois avant ma tante.

— Elles sont mortes jeunes, s'exclame Armand.

— À peine soixante ans pour Maman. Deux guerres dans leur vie... La mort de Papa...

— Elles n'ont pas été épargnées, soupire Madeleine.

— Les papiers chez le notaire étaient signés depuis plusieurs années. Avec Albin nous assumions la responsabilité de *Matignon* depuis un moment déjà... Trop lourd pour ces deux femmes usées.

— Ton père, je ne me souviens plus de... ? reprend Armand.

— Il n'est jamais rentré de la guerre. Nous avons quitté Brest juste avant le bombardement pour nous replier à *Matignon*, Maman et moi, et y retrouver ma tante.

La réponse de Mélanie plonge les quatre adultes dans un long silence. Chacun se rappelle la guerre et ses douleurs. Les mots sont de trop.

— Seriez-vous d'accord pour que Victor vienne passer quelques jours à la maison ? Il s'entend bien avec Rosalie et les jumeaux, propose Madeleine tout en soufflant la fumée de sa cigarette.

Armand retient un léger mouvement de surprise, il n'était pas au courant de ce projet. Avant qu'Albin ait eu le temps de prononcer un mot, Mélanie réagit :

— Quelle bonne idée Madeleine ! Cela coupera les vacances de Victor, il s'ennuie avec ses frères plus jeunes.

Albin serre la mâchoire et enfonce les poings dans ses poches. Rosalie et Victor n'ont rien entendu, ils sont trop loin et trop haut dans leur refuge.

Armand enchaîne :

— Dis donc Albin, penses-tu que de Gaulle va revenir au pouvoir ?

Madeleine et Mélanie se regardent et, avant même d'écouter la réponse d'Albin, s'éclipsent vers la vaisselle laissant les deux hommes à leur conversation.

Dans la cuisine Mélanie a les yeux qui brillent :

— Merci Madeleine, tu ne peux pas imaginer mais, merci.

— Que se passe-t-il ?

— Tu viens de me donner une occasion de relever la tête.

— Mais…

— Ne pose pas de questions, merci d'accueillir Victor chez toi.

— Tu vas bien ?

— Oui enfin non, mais je me réveille.

— Je peux t'aider ?

— Tu viens de le faire.

Elles finissent d'essuyer la vaisselle sans un mot. Mélanie a dit « une occasion de relever la tête », une lumière brille à nouveau dans ses yeux. Ce qui vient de se passer reste un mystère pour Madeleine.

Les plus jeunes jouent maintenant à cache-cache dans le jardin pendant que Victor et Rosalie toujours réfugiés dans leur arbre restent silencieux et que les jumeaux, accroupis, observent une fourmilière.

À l'heure du goûter, distribution de pain et de carrés de chocolat pour les huit enfants dont l'âge s'étale de cinq à presque treize ans. Les pères discutent à côté, Albin ne fanfaronne plus.

Mélanie s'approche de Victor et lui prend la main.

— Viens, on va préparer tes affaires, tu vas passer quelques jours chez Rosalie.

— …

— Tu ne dis rien, ça ne te fait pas plaisir ?

— Si.

— Remercie la maman de Rosalie qui en a eu l'idée.

— Merci tante Madeleine.

Il est d'usage de ne pas appeler les adultes par leur prénom, dans certaines familles bourgeoises. Et pour sortir du « Madame » ou « Monsieur » trop distant, les enfants appellent les adultes proches de leur famille « oncle » ou « tante » en y ajoutant le prénom même s'ils n'ont pas de lien de sang.

Albin reste silencieux. Mélanie et son fils filent préparer la valise.

Les embrassades, les remerciements n'en finissent pas. Victor évite habilement son père et garde, en présence des adultes, la tête baissée pour ne croiser aucun regard. Sa mère le serre dans ses bras comme elle ne l'a pas fait depuis plusieurs années. Cela lui fait du bien, il a envie de rester blotti contre elle, de sentir son odeur, sa chaleur… de la retrouver. Elle ne l'a pas embrassé, câliné, enlacé depuis si longtemps. Il est heureux de quitter sa famille mais voudrait rester dans ces bras qui lui ont tant manqué.

Les cinq enfants se tassent à l'arrière. Arnaud, le petit dernier, grimpe à l'avant sur les genoux de sa mère. Pas de ceinture de sécurité et trois passagers à l'avant ce n'est pas encore interdit. Armand démarre la Peugeot 403.

Victor s'est glissé rapidement dans la voiture. Rosalie poussée contre la portière par les quatre autres se sent soulagée, sans savoir pourquoi. Contrairement à son habitude, elle ne râle pas contre sa sœur et ses frères qui ne lui laissent pas de place ; elle se réjouit de ne plus être isolée grâce à Victor. Cette invitation imprévue lui plaît. Les vacances s'annoncent bien.

De son côté, Victor se fait tout petit, ne dit rien, il n'y croit pas. Sortir d'ici, enfin ! Ces vacances sont insupportables, son père ne le lâche pas. Venu les retrouver au mois d'août pour trois semaines, sa présence quotidienne pèse à tous. Depuis son arrivée, trois jours déjà, il s'est mis en tête de lui donner à boire, tous les soirs, un petit verre d'alcool. Madeleine ne s'est pas trompée tout à l'heure ; mais c'était la première fois qu'il lui donnait un verre à boire en pleine journée. Sa présence dans le salon a libéré Victor. Est-ce pour cela qu'elle l'a invité chez elle ? Tant que la voiture n'aura pas dépassé la grille de l'allée, il ne croit pas à son départ de *Matignon*.

Ils partent enfin ! La voiture remonte l'allée, franchit la grille, puis tourne à droite et la grille disparaît… enfin !

CHAPITRE 4 : DEBOUT

Les petites actions spontanées provoquent souvent de grands changements. Est-ce l'absence de calcul qui les rend plus efficaces ? La discrétion qui les entoure ? La fluidité qui les porte ? Certains diront : « c'est le moment », « c'était mûr ». D'autres parleront de synchronicité. Et d'autres encore de l'inconscient… En tout cas ce qui s'est passé pour Victor est de cet ordre-là.

Madeleine, la dépressive victime de sa vie, sauve, sans le savoir, l'avenir de Victor, de ses parents et, peut-être même, celui de sa propre famille, en posant un acte apparemment anodin – inviter Victor quelques jours dans sa famille. Elle n'en tire aucune gloire n'ayant pas conscience de la portée de son acte. Pour une fois, décentrée de ce qu'elle voit comme son malheur, elle s'est oubliée et ouverte aux autres. Armand, son époux, surpris par la venue imprévue d'un enfant supplémentaire, ne pose aucune question, ne fait aucune remarque. Une attitude qui préserve la beauté du geste. Un flot d'amour l'envahit, ce qui ne lui est pas arrivé depuis longtemps. *Je retrouve ma Madeleine généreuse !*

Victor, malgré le soulagement qu'il éprouve, guette durant les premiers jours le bruit de la voiture de son père. La crainte du cauchemar qui recommence. Or, il n'en est rien. Il ne sait pas que la réaction naturelle de Madeleine a sorti Mélanie de ses peurs, de son inaction et perturbé Albin qui se sent mal à l'aise.

Une fois l'arrière de la 403 disparu, Mélanie pousse et referme la grille devant Albin qui reste figé. Elle glisse son bras sous celui de son mari et l'invite par ce geste banal entre époux à remonter l'allée en direction de la maison. Mais cela fait bien longtemps qu'ils ne sont plus mari et femme.

Quand Albin lui a parlé avec grossièreté et violence, il y a quelques années, elle s'est repliée sans un mot, tétanisée. Mélanie, incarnation de la douceur et de la tendresse, devient incapable de manifester un geste d'affection à ce mari, devenu pour elle un étranger dangereux. Il aurait exprimé des regrets, elle lui aurait pardonné voire même oublié. Il arrive à tout le monde d'exprimer un mouvement d'humeur puis de s'excuser. C'est humain. Mais aucune excuse d'Albin et des agressions de plus en plus régulières en paroles. Ne pouvant retenir les pleurs qui exaspèrent cet homme, qui n'est plus son homme, Mélanie se terre autant qu'elle se tait depuis longtemps. Sait-elle ce que fait son mari à son fils Victor ? Sûrement pas, de telles choses paraissent tellement inconcevables ! Et en même temps, elle le sait intimement sans avoir besoin des détails. L'intuition maternelle la guide malgré elle ? Elle sait sans savoir.

Ce premier contact physique avec son mari, après des années, la met mal à l'aise. Elle a envie de retirer son bras. Poussée de l'intérieur par un calme et une force inconnus, elle maintient cette proximité malgré tout, malgré elle et la raideur de son mari. Elle guide maintenant. Madeleine a créé une différence dans leur quotidien en prononçant cette phrase toute simple et tellement évidente qu'elle se répète en boucle : « Mais que fais-tu Albin ? On ne donne pas d'alcool à un enfant ! ». Mélanie l'a entendue de la cuisine et reçue comme une gifle.

Ils marchent tous deux, sans un mot, dans l'allée pendant que les deux frères de Victor se poursuivent loin devant.

Albin surpris par le geste de sa femme se raidit. Il ne le comprend pas. Alors il se tait et tente de ralentir le pas par prudence : que va-t-il se passer quand ils seront rentrés dans la maison ? Il ne savoure pas ce début de tendresse ni cette tentative de rapprochement.

Toujours sur la défensive, il a peur. Incapable de se faire face à lui-même, il se dégoûte sans se l'avouer réellement. La proximité de Mélanie l'agresse plus qu'elle le réconforte. C'est une chance. Cela signifie qu'il n'est pas totalement déconnecté de lui-même. Sa conscience fonctionne encore un peu. Il n'est pas qu'un monstre ou une bête malfaisante. Pourrait-il avoir un soupçon de lucidité et se reprocher le mal qu'il fait ? Pas certain… Il tente de s'écarter, prêt à gueuler sa haine de lui sur les autres. La présence des deux garçons l'en empêche. Pourquoi eux le freinent-ils et pas Victor ?

Mélanie, toujours silencieuse, resserre sa pression sur le bras d'Albin et dirige leur marche vers le chemin de terre qui longe la propriété. Son cœur bat la chamade. *J'espère qu'Albin ne l'entend pas.*

Il se laisse guider sans un mot. Leurs corps se relâchent très légèrement. Est-ce que leurs cellules se reconnaissent ? Pourtant ni l'un ni l'autre n'apprécie cette proximité nouvelle. Mélanie pense que prendre le bras est différent de marcher main dans la main. Elle ne le pourrait pas. On se raconte tous des histoires pour justifier l'injustifiable.

Lui s'étonne de ne pas hurler les horreurs qui l'envahissent. La fermeté tranquille de Mélanie l'impressionne malgré lui. Il se sent mauvais, pitoyable, minus… Il la hait. *C'est de sa faute ce qui est arrivé, bien sûr !* Il est trop intelligent pour ne pas savoir que c'est plus compliqué. Dans sa tête tout se mélange : sa vie professionnelle et les élites, sa famille ratée et son fils incapable… et lui qui ne se reconnaît plus, se déteste et n'obtient pas ce qu'il veut.

Mélanie formule un souhait dans son cœur, comme on le fait pour se donner du courage devant l'inconnu : *Si on ne s'est pas lâché le bras d'ici le retour à la maison, on y arrivera. Je ne sais pas comment mais on y arrivera.*

Elle retire son bras quand Albin amorce un geste de recul pour la laisser passer devant lui et entrer la première. Mélanie sent les larmes lui monter aux yeux, il ne le faisait plus, lui l'homme si bien élevé. Elle n'attend pas plus qu'il ne peut donner. Elle accueille cette première ouverture en silence, sans rien manifester.

Ne pas l'humilier. Tout est à vif. Ne pas laisser sortir les paroles qui détruiraient l'infime qui a été regagné.

— Je vais finir de ranger et préparer le dîner. Peux-tu voir ce que font les garçons, leur demander de faire une toilette de chat et de se mettre en pyjama ? Je leur préparerai un « tub[6] » dans la cuisine demain soir, dit-elle d'une voix mal assurée. Il n'y a pas de salle de bain dans cette maison, l'eau courante se trouve dans la cuisine et dans l'unique cabinet de toilette situé à l'étage juste au-dessus de la cuisine.

Il ne répond pas mais sort dans le jardin. Vite de l'air, il étouffe ! Pourtant il était dehors il y a quelques minutes, mais lié à Mélanie. *Enfin seul !* Il se calme d'abord et appelle les enfants par leur prénom, l'un après l'autre :

— Baptiste ! Vincent ! Toilette de chat ce soir puis vous enfilez vos pyjamas.

Sa voix est légèrement changée. Mélanie l'entend, il a même repris son expression « toilette de chat ». C'est ce qui lui donne le courage de continuer. Elle connaît les difficultés à venir mais sait que si elle ne fait rien ce sera pire. Elle se défaussera sur lui de ses propres manques et risquera de lui ressembler. Elle a trop attendu pour prendre sa place. Sa vraie et juste place. C'est là sa responsabilité, toute sa responsabilité !

Pour la première fois depuis des années, il y a quelque chose de plus léger dans l'air durant le dîner. Le silence habituel est troublé par les réflexions des enfants sur la journée. Mais ils ne parlent pas de Victor, sujet tabou – même si personne ne leur a donné de consigne.

Après le dîner, durant les vacances, la famille se retrouve au salon pour lire, discuter ou jouer à des jeux de société autour de la grande table de la salle à manger. Du temps de sa mère et sa tante, il arrivait qu'à leur demande Mélanie s'installe au piano et joue leurs morceaux préférés.

Il faut se rappeler qu'en cette fin des années cinquante, à peine dix pour cent de la population possède une télévision, et rares sont ceux qui en ont équipé leur maison de vacances. La radio est souvent réservée à l'écoute des informations.

Quand le couple s'est retrouvé seul à *Matignon* après le décès des deux femmes, Albin a acheté un électrophone de la marque Telefunken pour éviter d'avoir à parler durant leurs longues soirées. Mélanie a perdu peu à peu l'envie de jouer du piano. Chopin, Debussy ou Rachmaninov se sont écartés laissant place aux opéras de Verdi, Rossini, Puccini, Mozart et même Wagner ou aux lieder de Schubert et Strauss enregistrés sur des disques trente-trois tours, grésillant légèrement. Pendant que Mélanie tricote ou coud dans son coin, Albin bat la mesure, assis dans son fauteuil, ou lit le journal et se relève régulièrement pour retourner ou changer le disque.

Une fois les garçons couchés, Mélanie ressent un besoin impétueux de silence, de solitude. Il n'y a pas eu de jeux avec les enfants, il n'y aura pas de musique ce soir. Comme tout est changé depuis le départ de Victor cet après-midi, elle s'adresse à Albin, à l'entrée du salon, et ose formuler d'une voix mal assurée :

— Merci Albin, on a passé un dîner agréable. Si cela ne t'ennuie pas, je vais dormir dans la chambre de Victor, je pense que c'est mieux pour nous. Je vais me préparer car je suis fatiguée de ma journée.

Albin tarde à répondre – un petit plaisir malsain de reprendre la main.

— Comme tu veux, dit-il d'un ton cassant, bien que soulagé au fond de lui-même. La présence de cette nouvelle Mélanie le pacifie tout en lui étant insupportable. Sa médiocrité lui apparaît plus clairement et sa violence aussi... Elle semble solide, inébranlable, il n'en revient pas. Que se passe t il ? Pris entre son envie de la contredire par principe et son besoin de solitude, il ne peut prononcer que ces trois mots avec violence : « Comme tu veux ». Puis, il lui tourne le dos et se dirige vers le meuble où sont rangés les disques. Il choisit Wagner et sa célèbre *Chevauchée des Walkyries.*

Mélanie monte au premier étage, tranquillement, étonnée par la facilité avec laquelle elle a obtenu ce qu'elle attendait depuis si longtemps : dormir seule. Elle ouvre la porte du cabinet de toilette, s'enferme pour ses ablutions du soir. Debout, les mains accrochées au lavabo, elle se regarde dans la glace, sent les larmes monter puis les sanglots. Elle ouvre le robinet à fond pour masquer le bruit de ses pleurs. Elle craque.

Allongée dans le lit de Victor, il lui est impossible de dormir. Pour la première fois depuis son mariage, à sa demande, elle fait chambre à part. Elle devrait se sentir allégée et pourtant il n'en est rien. Elle a espéré si longtemps cette séparation des corps… Ne plus dormir auprès de cet homme dont elle ne supporte plus ni l'odeur, ni le contact, ni la présence. Ce soir elle dort seule enfin. Elle ne se remet pas de son audace. La journée a été rude, elle a agi sans réfléchir.

La nuit, dans le calme de la chambre de Victor, la vérité la rattrape. Elle voit clair, maintenant qu'elle a osé agir. Elle ne peut que hurler de douleur dans son oreiller. Ces dernières années qu'elle a vécu anesthésiée lui sautent à la figure. Elle n'a pas joué son rôle de mère. Elle a exposé Victor en se protégeant. La douleur la submerge. Allongée les yeux ouverts, elle ne peut les fermer sans que le visage de son fils s'impose. Ce courage qui lui a manqué revient en elle dans le silence de la nuit. Elle prend sa part sans se défausser sur son mari. Elle sait qu'elle devra vivre avec cette marque indélébile, sans pouvoir réparer. Coupable d'avoir abandonné son fils… Coupable de n'avoir rien tenté lors de la première sortie de route de son mari.

Des images de Victor, Albin se bousculent… Les bruits de la ceinture. Le silence d'Albin sortant de la chambre de Victor et allant boire un verre dans le salon… tout lui paraît limpide… elle a compris. Elle sait. Que sait-elle vraiment ? Les coups ? Et le reste ?

L'inconcevable ? Impossible ! Elle hurle de douleur – en mangeant son oreiller pour étouffer ses cris – d'avoir laissé faire ça ! Les coups, la violence verbale et... Elle ne peut pas nommer ! Nommer c'est mettre une image... des images de l'inimaginable ! ! ! Impossible, elle ne peut aller plus loin.

Une certitude s'impose, elle s'est centrée sur elle et a oublié son fils. Elle a aussi négligé son mari qui a dérapé. Elle ne l'a pas arrêté. Cela n'aurait probablement servi à rien mais elle n'a même pas essayé. Elle n'a plus reconnu l'homme qu'elle a aimé ni celui qu'il est devenu alors qu'il restait son mari et le père de ses enfants. Elle ne l'a pas aidé à sortir de ses ombres, de sa violence. Elle l'a laissé agir en préférant pleurer sur elle-même. Les « elle doit » tournent en boucle : assumer, porter sa part de responsabilité, être vraie avec elle-même si elle veut sauver son fils. Elle doit aussi redevenir mère devant lui et non rester la petite fille pour laquelle Victor a dû se sacrifier. Ça se brouille dans sa tête... Elle n'a plus de larmes... Épuisée, elle s'endort au petit jour, déterminée à aborder sa vie telle qu'elle est.

CHAPITRE 5 : PHOTOGRAPHIE

La 403 longe la mer. Armand ralentit quand apparaît un mur de pierres sur la gauche : « Victor on arrive, Laurent prépare-toi », annonce-t-il. Les voitures sont rares, il tourne à gauche pour traverser l'avenue et se positionne devant un grand portail de bois peint en blanc. Laurent descend, ouvre les battants en grand et les referme aussitôt la voiture passée. Victor découvre une villa de plusieurs étages avec des petits toits saillants et divers balcons blancs en bois. Il n'y est encore jamais venu. Armand roule doucement sur les gravillons, contourne la maison par la gauche et s'arrête devant le garage. Laurent court derrière.

— On y met rarement la voiture, chuchote-t-il à Victor en le retrouvant. Comparé à celui de ses parents ce jardin est minuscule. Il entend le bruit des vagues et se rappelle que la plage est à côté. Armand précise :

— Mon grand-père a fait construire cette villa à la fin du siècle dernier. Les deux guerres l'ont épargnée, heureusement ! On l'appelle *La villa*. Un nom tout simple.

En entrant dans la maison, une bonne odeur de soupe de légumes leur saisit les narines. Les enfants se précipitent dans les escaliers et crient à Victor :

— Suis-nous ! Viens voir nos chambres !

Il dormira dans celle de Laurent à la place de Violaine qui s'installera chez Rosalie qui possède deux lits.

— On joue aux lits musicaux au lieu des chaises musicales ! s'exclame Violaine.

— Pas du tout, répond Rosalie, car il y a des lits pour tous les joueurs.

Violaine lève les yeux au ciel, sa sœur l'exaspère à avoir réponse à tout.

Rosalie a perçu l'irritation de sa sœur et elle s'en veut de ne pas réussir à garder ses remarques pour elle quand l'évidence surgit. Et en même temps elle a du mal à comprendre que ses propos agacent.

Victor lui fait un discret clin d'œil et tout est oublié.

La toilette effectuée à tour de rôle, les filles séparées des garçons, chacun enfile son pyjama ou sa chemise de nuit puis sa robe de chambre pour descendre dîner.

La maison est surélevée, on y accède par quelques marches de pierre. À l'entresol, le salon se prolonge par un grand balcon avec vue sur la mer. La salle à manger donne sur le jardin, comme la cuisine. Une table ovale occupe une bonne partie de la pièce. Les enfants s'assoient sur des tabourets. Victor prend place entre Rosalie et Laurent. Il se tient droit, fait attention à ne pas mettre ses coudes sur la table. Un peu intimidé, il découvre cette famille qu'il ne connaît pas très bien. La gaieté et l'excitation de l'arrivée ont disparu pour laisser place à une morosité qui l'angoisse car elle ne lui est pas étrangère. Imperceptiblement son regard se durcit.

Madeleine rapproche la soupière devant elle, plonge la louche dans le potage de légume, sert les enfants les plus proches avant de se servir puis pousse la soupière en direction d'Armand pour qu'il prenne le relais.

L'atmosphère familiale redevenue pesante, comme à l'accoutumée, incite Rosalie à prendre la parole : « Victor s'intéresse à la photographie ». Un silence lui répond. Elle s'inquiète pensant avoir trop parlé, une fois de plus. Victor baisse la tête. Elle voulait simplement mettre en valeur l'invité au lieu de cela elle le met mal à l'aise. À sa grande surprise, sa mère et son père lèvent la tête de leur assiette, se sourient et se regardent comme s'ils étaient seuls au monde. Rosalie n'en revient pas. Elle ne les a jamais vu se regarder ainsi. La présence de Victor obligerait-elle Madeleine à se montrer sous son meilleur jour et à arrêter ses soupirs ? Puis Armand demande à Victor :

— Tu en as déjà fait ?

— Non, Oncle Armand, répond Victor gêné d'être le centre de l'attention

— Comment t'est venue cette envie ?

— Je veux étudier le visage des gens pour comprendre ce qu'ils pensent.

— C'est une belle idée Victor. Ce sont les portraits qui t'intéressent plus que les paysages ?

— Non, dans les portraits les gens posent et je ne veux pas qu'ils posent. Je veux prendre des photos surprises… Que les gens n'aient pas le temps de réaliser que je les photographie…

Victor s'aperçoit qu'il n'est pas très clair mais il n'arrive pas à s'expliquer.

— Sur le vif…, précise Armand, tu veux saisir l'instant présent.

Victor hoche la tête, presque étonné qu'un adulte cherche à le comprendre.

— Tu sais Victor, quand j'ai connu ton oncle il portait toujours son appareil photo en bandoulière.

Madeleine intervient dans la conversation. Rosalie ne la reconnaît plus, sa mère devient présente lors d'un repas familial !

— J'ai même beaucoup photographié ta tante. Elle y a pris plaisir à l'époque de notre rencontre, renchérit Armand tout en fixant son épouse avec un sourire timide comme s'il attendait une réponse. Madeleine baisse les yeux avec une légère moue amusée.

L'ambiance autour de la table se modifie ce qui donne à Victor l'audace de poser une question.

— Oncle Armand tu fais de la photo ?

— J'ai beaucoup pratiqué, la photographie a été ma passion. Tu me donnes une idée, je vais ressortir mon appareil, un Rolleiflex, tu connais ? La Rolls des appareils ! Tu as envie d'apprendre Victor ? Et toi Rosalie ?

— Oui, disent-ils ensemble.

— Tu as bien fait de nous parler de l'envie de photographie de Victor !

Madeleine complimente sa fille, ce qui est exceptionnel ! Se sentant responsable de l'enfant qu'elle a invité chez elle, elle s'implique et associe même sa fille aînée.

Rosalie ne comprend pas pourquoi quelque chose change lors de ce premier repas familial avec Victor. L'atmosphère s'est comme allégée. Pour une fois personne ne lui lance à la figure : « Tu exagères ! ». Écoutée et entendue, pas besoin d'insister, elle parle peu. Les jumeaux ne se moquent même pas d'elle. Le dîner est presque joyeux. La photographie occupe le centre de la conversation de la soirée. Ses parents s'animent. Madeleine a perdu son air d'éternelle victime. Victor s'ouvre. Elle est contente. Elle a tant rêvé d'un moment comme celui-là sans penser qu'il pouvait arriver si rapidement. Quelque chose lui échappe !

— L'agrandisseur et mes bacs sont au grenier. Demain j'irai examiner ce qu'il manque, propose Armand, pour réinstaller le labo photo au garage. Il doit rester peut-être encore quelques produits et du papier aussi. On fera avec au démarrage. Je veux m'assurer que cela vous plaît. Je compléterai après.

— On commence quand ? s'écrient en chœur Rosalie et Victor.

— Cela dépend de ce que je trouve dans le grenier. J'ai aussi promis d'aider notre voisin demain et si besoin après-demain, répond Armand. Victor je te promets que dans trois jours tu auras pris ta première photo.

Chacun ayant terminé son assiette de crème renversée au caramel, Madeleine vérifie que tout le monde a bien plié sa serviette.

— Desservez la table les grands et installez le couvert du petit-déjeuner. Rosalie, tu montres à Victor… Venez.

Madeleine se lève de table et prend les deux derniers par la main.

— On monte se laver les dents, lire l'histoire et se coucher.

Les jumeaux en profitent pour s'éclipser et ne rien ranger. Comme d'habitude ! Cette fois-ci, Rosalie s'en moque et préfère rester seule avec Victor. Ils apportent les assiettes sales, les verres et les couverts qu'ils rangent sur le plateau posé à gauche de l'évier. Marthe la cuisinière fera la vaisselle le lendemain matin. Ils secouent la nappe en haut des marches avant de la replacer sur la table. Puis Rosalie et Victor disposent le couvert du petit-déjeuner : assiettes, cuillères, couteaux à beurre, bols bretons bordés de bleu portant le prénom de chacun, le tout accompagné des pochettes à serviettes brodées. En tant qu'invité, Victor choisit son bol personnalisé. À l'intérieur du grand buffet, sur l'étagère, il écarte les bols bretons à fleurs et aperçoit, caché dans l'angle, un bol décoré d'un voilier au fond et du même liseré bleu sur le bord et les deux oreilles que les autres bols.

— Regarde Rosalie j'en ai trouvé un pour moi. Le seul décoré avec un bateau à voiles !

Pour la première fois, Rosalie entend de la gaieté dans sa voix. Victor est heureux de sa trouvaille, elle représente sa place au sein de cette famille.

— Demain matin réveillé par l'odeur du pain grillé et du chocolat que Marthe prépare pour tout le monde, tu descendras vite essayer ton bol ! répond-elle sur le même ton.

Pendant les grandes vacances, les plus grands peuvent se coucher un peu plus tard. Pour ce premier soir, Rosalie et Victor s'assoient sur le haut des marches devant la porte de la salle à manger pendant que les parents de Rosalie après avoir couché et embrassé les plus jeunes s'installent au salon. Ils bavardent tout en fumant des cigarettes puis contemplent la mer scintillant dans la nuit sous la voûte céleste.

Les deux enfants regardent le jardin puis lèvent les yeux vers le croissant de lune et les étoiles qui apparaissent. Le silence de la nuit qui s'installe les unit. Rosalie cherche les mots pour exprimer ce qu'elle a ressenti en entendant la voix de son père hurler : « Victor va chercher le pain ». Cette voix si dure, coupante, cassante. Elle en a encore froid dans le dos et préfère se taire. Elle ne lui avoue pas non plus qu'elle est contente qu'il soit là. Chacun reste silencieux dans ses pensées.

La journée est passée si vite pour Victor. Un bref instant, il se demande où il se trouve. Il a dû avoir une petite absence. Puis, peu à peu, tout lui revient. Le déjeuner de midi. Tante Madeleine surprenant son père lui tendre un verre d'alcool. L'invitation dans sa maison. L'acquiescement rapide de sa mère. L'air stupéfait de son père coincé cette fois-ci par les regards de tante Madeleine et son époux. Le départ, tous entassés dans la 403 d'oncle Armand. La peur que son père le fasse sortir. Le dîner ce soir chez les parents de Rosalie… Il s'est même retrouvé à parler de son envie de photographie. Et d'ici trois jours, il commence la PHO-TO… Il a du mal à croire que c'est vrai. Tout semble si facile. C'est irréel. Il n'a même pas peur d'aller se coucher alors qu'il est dans une maison inconnue, sans sa famille.

Dans le calme de la nuit qui monte, ce père qu'il a oublié revient. Victor a honte, se sent sale, croit que c'est sa faute. Il repense à sa mère et comment elle l'a serré en partant. Ce souvenir lui fait du bien.

Ce n'est pas la peur qui le garde éveillé cette première nuit dans la chambre de Laurent mais tous les possibles qu'il entrevoit. Il pourrait s'apitoyer sur lui-même, repenser à la violence qu'il a subie sans raison, revivre ses souffrances et même souhaiter en finir. Non, il profite de l'accalmie qui s'offre à lui pour se rebrancher de façon instinctive à la vie. Alors, des larmes silencieuses coulent sur ses joues ce qui ne lui est pas arrivé depuis si longtemps. Il a appris à ne pas pleurer sous les coups de son père. Aucun sanglot, juste des larmes qui évacuent l'indicible, l'innommable. Il lâche un peu enfin ! Soulagé d'avoir quitté l'enfer. Plus tout à fait seul mais seul quand même. Dans cette chambre légèrement éclairée par le croissant de lune, son cœur bat fort pour lui rappeler qu'il est vivant.

De son côté, Rosalie se glisse dans ses draps, sans bruit, pour ne pas réveiller sa sœur qui dort déjà dans le lit à côté. Elle s'allonge et ferme les yeux. Va-t-elle retrouver la féérie des couleurs ? Pas ce noir ou ce jaune que l'on voit après avoir fixé un point lumineux. Non des bleus turquoise, des violets, des bleus France, des dorés, des rouges sang ou des verts émeraude qui tournoient devant ses paupières closes. Leurs formes délirantes l'hypnotisent avant de la plonger dans son pays imaginaire.

Ce soir, pas de danse ni de formes extraordinaires, mais une aquarelle d'une lumière éblouissante de chaleur : un jaune paille étiré à l'eau laissant apparaître des taches de vert jade, amande et olive. Une lumière d'été tombe droit sur la nature paisible. Elle s'endort dans ce paysage écrasé de soleil.

CHAPITRE 6 : VÉRITÉ

Le téléphone est encore rare. Albin, du fait de son travail à l'Assemblée, a obtenu très facilement une ligne téléphonique. Armand lui ne s'en est pas préoccupé trop heureux de ces temps de vacances tous ensemble. Le téléphone lui rappelle la vie professionnelle. Il n'y voit pas d'utilité en famille. L'écoulement du temps s'inscrit dans le quotidien. Et puis les télégrammes apportés à bicyclette par le préposé de la poste suffisent pour les urgences.

Mélanie attend trois jours pour prendre des nouvelles de Victor et le rencontrer dans son nouveau lieu de vie, *La villa*. Tout est mouvant en elle et autour d'elle. Son fils mérite qu'elle soit claire, vraie et solide sinon pourquoi le rencontrer. Ravalant sa honte qui la tire vers la victime, elle choisit d'assumer pour faire face à Victor si courageux et si digne maintenant qu'elle sait. Pour le respecter et oser être à ses côtés, elle doit se relever et tenir debout d'abord comme femme puis comme mère. Épouse elle verra après !

Avant de s'absenter, elle prévient Albin :

— Je pars voir Victor. Vérifier si tout se passe bien pour lui et si ce n'est pas trop lourd pour Madeleine. Je te laisse avec Baptiste et Vincent. Peux tu me passer les clés de la voiture s'il te plaît ?

Albin surpris s'abstient cependant de toute réaction devant les garçons et part chercher les clés de la DS ainsi que les papiers sans un mot ni précipitation, c'est vrai, mais il s'exécute. La voiture n'a jamais été un sujet de conflit entre eux. Mélanie appartient au cercle restreint des conductrices. Poussée par sa mère et sa tante, elle a passé et obtenu son permis à l'âge légal, dix-huit ans[7], pendant la guerre. Albin lui confie régulièrement le volant même pour les grands trajets car il est habitué à se faire conduire ayant à sa disposition un chauffeur à Paris. Et puis surtout, il s'amuse à se moquer des conducteurs qui découvrent une femme au volant. Les voitures ne l'intéressent pas sauf pour se démarquer socialement. C'est la raison qui l'a poussé à choisir la DS Citroën, dont la carrosserie et les innovations techniques tranchent avec les autres automobiles, plutôt que la 403 Peugeot d'Armand.

Cette nouvelle petite victoire arrachée sans violence renforce la confiance de Mélanie. Elle a préparé et répété sa phrase plusieurs fois pour la prononcer d'un trait avec fermeté. Elle n'a rien à perdre. Si Albin continue à s'opposer par principe à elle, comme ces dernières années, elle partira. Elle ne réfléchit pas où et comment cela risquerait de la désespérer, elle n'a plus de parents. Elle ne menace personne, ne fait aucun chantage mais sa détermination la fortifie. Elle sait ce qu'elle doit faire et pose ses actes, l'un après l'autre, pour reconquérir sa vie.

C'est pourquoi, avant de retrouver son fils chez les parents de Rosalie, elle a attendu quelques jours. Elle débarque sans prévenir chez Madeleine et Armand, en début d'après-midi.

Madeleine l'accueille avec un grand sourire.

— On se verra après… Va vite voir ton fils, il joue au ballon avec Laurent, là-bas… Tu l'aperçois ? Elle montre la plage d'un mouvement de la tête. Je jardine et nettoie les massifs d'hortensias. Tu me retrouveras autour de la maison, accroupie à côté de la brouette. Armand récupère des souvenirs au grenier, ne le cherche pas dehors.

Mélanie se dirige vers Victor, sans presser le pas, pour lui laisser le temps de la voir arriver. Dès qu'il l'aperçoit, il lâche le ballon et court vers elle. De son côté, Laurent remonte vers la villa.

Elle le serre dans ses bras. Ils marchent dans le sable, enlacés, sans parler pendant quelques minutes.

— Comme je suis heureuse de te retrouver ! Tu es bien ici ?

— De mieux en mieux, répond-il en s'écartant d'un geste sec. Il n'oublie pas qu'elle l'a laissé partir, même s'il préfère vivre aujourd'hui chez tante Madeleine et oncle Armand plutôt que chez ses parents.

— Je suis contente pour toi. Tu commences enfin de vraies vacances.

La mère et le fils semblent un peu mal à l'aise et la conversation démarre sans réelle chaleur.

— Oncle Armand va m'apprendre à faire des photos. On va installer un laboratoire dans le garage. Il recherche son matériel au grenier.

Madeleine ne sait pas que son fils en rêve, alors elle ne se réjouit pas pour lui.

— Quelle coïncidence ! En conduisant, je repensais à Armand inséparable de son appareil photo qu'il portait en bandoulière.

Mélanie s'absente dans un long silence que Victor interrompt :

— On commence tout à l'heure.

— Je suis si contente pour toi.

Sa voix tremble d'émotion.

Victor a compris au ton de sa mère qu'il ne s'agit pas de la photo mais de sa présence à *La Villa.* Il déteste que sa mère soit au bord des larmes à cause de lui. Mélanie prend une longue inspiration, s'incline au niveau du visage de Victor pour le regarder en face. Mais il ferme les yeux.

— Je te demande pardon. Je ne t'ai pas protégé, respecté, sou tenu comme tu l'attendais de moi. Je n'ai pas d'excuse. C'est en train de changer depuis l'invitation de tante Madeleine.

Victor ne prononce pas un mot, il ne comprend pas ce qui se passe et garde les yeux fermés.

— Tu n'avais pas à subir cela. C'est indigne.

Victor baisse la tête. *Qu'est-ce que c'est « cela » pour ma mère ? Pourquoi dit-elle « indigne » ? Que sait-elle ?* Il se sent mal.

— Je te promets que tu retrouveras ta place de fils aîné respecté. Je ne sais pas encore comment mais je t'aiderai. Pour le moment je crois que c'est trop tôt encore…

Il répond de façon automatique.

— Qu'est-ce qui est trop tôt ?

— Rentrer à la maison.

À cette réponse, un léger voile se pose sur les yeux de Victor. Il a appris à dissimuler ce qu'il ressent depuis longtemps mais Mélanie capte ce mouvement imperceptible de son fils. Elle veut le laisser choisir.

— Penses-tu pouvoir vivre avec ton père ?

À l'évocation de son père, des cellules de son corps se serrent… comme un poids sur la poitrine… son cœur accélère… une nausée monte…

Silence de Victor.

Mélanie le regarde attentivement en hochant la tête comme pour l'encourager. Il trouve quelques mots qui ne l'engagent pas de trop.

— J'ai peur de lui.

— Tu as raison d'avoir peur, tu n'es pas en sécurité à la maison. Il te frappe, affirme Mélanie.

— Oui.

— Il te fait boire depuis longtemps ?

— Depuis qu'il est arrivé en Bretagne pour les vacances. Quand je peux, je crache, je n'avale pas. Tu vois cela ne fait que quelques jours, précise-t-il pour la rassurer.

— Oh mon Dieu, murmure Mélanie. C'est insupportable. Tu ne vas pas revenir tout de suite.

Mélanie bouleversée par ces révélations qui n'en sont pas réellement ne s'attend pas à la question de Victor.

— Qu'est-ce que j'ai fait de mal ?

C'est comme si elle recevait un coup dans l'estomac.

— Tu n'as rien fait de mal, je te le promets. Regarde-moi dans les yeux et crois-moi. Je te le répète, Mélanie articule lentement, tu…

n'as… rien… fait… de… mal… Nous n'avons pas été à la hauteur, ni ton père ni moi. J'aurais dû l'arrêter et si je ne réussissais pas à le retenir, alors j'aurais dû partir avec vous trois. J'ai manqué de courage.

Leurs regards se croisent enfin. Cela fait trop longtemps qu'elle l'a laissé baisser la tête. Aujourd'hui il peut la relever.

— Est-ce que tu as envie de rester plus longtemps ici ?

Pour Victor la question ne se pose plus.

— Je voudrais prendre des choses dans ma chambre.

— Bien sûr tu dois avoir tes affaires. Je parle à Madeleine d'abord et on verra ce que tu veux que je t'apporte après.

Victor inquiet pour lui et sa nouvelle vie souhaite tout savoir, ce qui ne dérange pas Mélanie.

— Qu'est-ce que tu vas lui dire ?

— Lui demander si cela la dérange que tu restes plus longtemps.

— Elle va te demander pourquoi ?

— La raison c'est que tu as besoin de vivre hors de la maison. Que tu n'as rien à te reprocher, ce n'est pas de ta faute c'est de la nôtre, tes parents, affirme Mélanie sans aucun doute dans la voix.

Et Pppp… ? Il ne peut pas prononcer « Papa ».

— Ce n'est plus ton problème. Je vais me débrouiller, il est temps !

Tous les mots ne sont pas prononcés. L'horreur n'est ni nommée ni niée. Le principal est passé. Il n'est pas responsable. Elle ne lui en veut pas. Elle lui a demandé pardon. Victor sent la différence. Il redevient un enfant même si sa mère ne lui parle pas comme à un enfant. Il se sent protégé et éprouve un soulagement.

Ils se serrent fort, le cœur moins lourd déjà. Elle ne peut s'empêcher d'initier un petit bercement. Victor l'arrête :

— Maman je ne suis plus un bébé !

— Je sais et tu es même très très fort !

Victor s'échappe du giron maternel, il n'a pas envie de s'appesantir. Un léger geste de la tête en signe d'au revoir, il remonte vers la maison et rejoint Rosalie près du garage, tout essoufflé par sa course.

— Où étais-tu Victor ? On t'attend avec papa pour commencer le cours de photographie.

— J'étais avec ma mère.

— Je ne l'ai pas entendue arriver, je vais lui dire bonjour.

— Elle discute avec la tienne.

Rosalie comprend à demi-mot et s'arrête immédiatement.

— Faut les laisser tranquilles ?

— Je crois.

— Tu veux rester avec elle ?

— Non, on s'est dit ce qu'on devait se dire et puis elle doit parler à ta mère.

— Ça va ?

— Oui, t'inquiètes pas.

Madeleine a aperçu Victor courir vers le garage. Elle arrête son jardinage pour rejoindre Mélanie qui remonte lentement de la plage.

— Alors, contente de retrouver ton fils ?

— Oui… répond Mélanie d'une voix tremblante, les yeux embués encore sous le choc de ses retrouvailles avec Victor et de leur conversation.

— Je…, commence Madeleine,

— Comment cela se passe-t-il avec tes enfants ? l'interrompt Mélanie qui ne souhaite pas s'appesantir.

— Très bien.

— Pas trop de disputes ?

— Non, pas pour le moment. Je pense que Victor apporte un sang neuf qui nous fait du bien à tous.

— Tu ne dis pas cela pour me faire plaisir ?

— Sincèrement, Méli, je ne te raconte pas d'histoire. Rosalie me semble plus légère. Je l'ai même entendue rire. Oh, excuse-moi si je t'ai appelée Méli mais Armand parle toujours de toi avec ce surnom. Il paraît que tout le monde t'appelait ainsi quand tu étais plus jeune.

Méli, personne ne l'appelle plus ainsi depuis bien longtemps. Cela lui fait du bien. La vraie Mélanie revient. « Méla-Méli-Mélo ! Méli pas Mélo ni Méla ! » disaient ses amis.

— Elle ne rit pas d'habitude ?

— Rarement. Toujours raisonnable, donnant l'exemple. Rejetée par les jumeaux complices. Elle est assez seule.

Madeleine perçoit les difficultés de sa fille sans en capter la cause originelle. Elle ne fuit pas ses responsabilités. Elle est tout simplement inconsciente des effets de sa propre souffrance sur son enfant.

— Tu attribues la cause de ce changement à Victor ? demande Mélanie.

— Même s'il est proche de Rosalie, il joue aussi avec les jumeaux… Rosalie n'est plus seule face à eux. Je les ai même vu jouer tous les quatre.

— Il paraît qu'Armand va apprendre la photographie à Victor ?

— Tu te souviens, c'était sa passion ! Il a arrêté à la naissance des jumeaux. Depuis que Rosalie lui a appris que c'était le rêve de Victor, il a envie de s'y remettre pour les enfants. Ils vont réinstaller le laboratoire dans le garage.

Prise par ce qu'elle doit demander à Madeleine, Mélanie ne prête pas attention au mot rêve associé à Victor.

— Est-ce que la présence de Victor te fatigue ?

— Pas du tout. Un de plus ou de moins, Armand est en vacances et je suis aidée.

— Pourrais-tu le garder plus longtemps ?

— J'en parle à Armand avant de te dire oui. Victor est au courant ?

— Oui on vient d'en parler.

Mélanie ne s'attarde pas, ne se raconte pas, ne veut pas en dire de trop, non pour se protéger mais pour l'avenir de Victor et sa famille. Il n'est pas question de déni mais de silence pour se reprendre. Madeleine respecte les non-dits de son amie, elle lui fait confiance. Les mots nécessaires viennent à leur heure. Tout n'est pas bon à dire… *Méli va de l'avant, je l'aiderai.*

CHAPITRE 7 : APPAREIL

Armand sort du carton son appareil photo et les accessoires devant Rosalie et Victor. Ses mains caressent le pavé noir et argent. Délicatement ses doigts pivotent autour des caches des deux objectifs, tournent les molettes et la manivelle de réarmement de la pellicule. Du bout de son index droit il redessine chaque lettre majuscule de ROLLEIFLEX. Approchant l'étui de cuir marron sous son nez, il inspire lentement les yeux fermés. Puis, il l'ouvre, le referme, insère l'appareil photo dans l'étui, passe la sangle autour de son cou, soulève le capuchon du viseur et s'incline comme pour régler sa prise de vue. Ces retrouvailles expriment tant d'amour. Les deux enfants se sentent honorés à la fois de la confiance qui leur est faite et gênés de se trouver témoins de cette intimité.

Victor observe l'inclinaison de tête de l'oncle Armand. Les photographes, qu'il a croisés, visent l'appareil collé au visage ou debout derrière leur trépied. Il n'a jamais vu quelqu'un effectuer ce genre de prosternation pour réaliser la mise au point et ce mouvement de respect lui plaît. Il ne connaît pas cette particularité du Rolleiflex *:* un viseur situé au-dessus qui oblige le photographe à se pencher pour cadrer.

La découverte de la photographie ouvre un avenir à Victor. Est-ce pour s'opposer à son père, ce haut fonctionnaire qui manque tant d'humilité et de respect ? Ou tout simplement, l'envie de ressembler à l'oncle Armand, cet homme bon qui lui transmet sa passion. Sûrement un peu tout cela à la fois même si l'inconscient garde ses secrets.

Armand l'initie à la prise de ses premiers clichés. Insérer la pellicule dans l'appareil, choisir le sujet, l'exposition, cadrer…

— Tu apprends Victor, détends-toi.

Oncle Armand ne s'énerve pas bien au contraire, il guide Victor crispé par sa peur qu'un mauvais geste lui échappe.

— Oui mais…

— Si tu l'exposes à la lumière ce n'est pas grave… C'est ainsi qu'on apprend.

— Euh… Victor est encore plus perturbé par l'attitude encourageante de l'oncle Armand.

— Tu vas obligatoirement te tromper, faire des erreurs, c'est normal.

Incrédule, Victor regarde oncle Armand, sans comprendre. Ces paroles sont tellement éloignées de celles qu'il a entendues de son père durant des années.

Une fois la pellicule positionnée correctement, Armand propose :

— Nous avons chacun le droit de prendre quatre photos, la pellicule en compte douze.

— On fait comment ? interroge Rosalie.

— Chacun prend ses quatre photos à la suite ou alors je commence par vous montrer puis chacun fait la sienne ?

— Papa, tu commences, après Victor et puis moi, propose Rosalie.

— Et on continue comme cela jusqu'à la fin de la pellicule.

Le léger sourire de satisfaction qui pointe sur les lèvres d'Armand exprime combien il apprécie la compagnie et la spontanéité de ces deux enfants.

— Qu'allez-vous photographier ?

— Rosalie sera mon premier portrait ! s'écrie spontanément Victor. Tu veux bien ?

Le sourire de Rosalie sert de réponse. Ce n'est pas une surprise pour elle, elle l'avait déjà deviné. Prenant son temps, elle se plante au milieu du garage, regarde autour d'elle et s'arrête sur le tas de caisses à l'entrée du garage. D'abord elle aime le bois mais surtout elle imagine qu'elles contiennent les couleurs magiques qui l'enchantent certains soirs. Tout excitée à l'idée de photographier des malles à trésors, elle annonce fièrement :

— Les caisses de bois près de la porte.

— Et moi, ce sera le portail ouvert sur la route.

Armand souhaite sortir de l'enfermement de ces dernières années depuis qu'il a retrouvé son appareil photo.

— Pour la première série, chacun photographiera le même sujet quatre fois. Comme ça on pourra comparer la lumière, l'angle de la prise de vue et tester. Ça vous va les enfants ?

— Tout nous va papa, oncle Armand, s'écrient-ils en chœur, impatients de commencer.

En cette deuxième partie de l'après-midi, la lumière et les sons changent favorisant une sorte d'intimité entre eux trois. Armand prend un double et réel plaisir. D'abord il initie les deux enfants et il retrouve son ancienne passion.

Mais aujourd'hui, Victor le surprend par ses réactions inattendues. Dès qu'il s'approche de lui, Victor se tend de façon imperceptible. La première fois qu'Armand se met spontanément derrière lui en l'entourant de ses bras pour l'aider à tenir l'appareil correctement et lui apprendre à viser. L'enfant se raidit, se bloque et reste pétrifié avec un regard absent pendant un long moment. Rosalie capte la difficulté, regarde son père et vient en aide à son ami :

— Papa, vient le faire avec moi comme cela Victor verra comment on fait pour faire pareil.

— Bonne idée Rosalie, répond Armand en se plaçant derrière sa fille.

Victor mime la posture face au père et sa fille. Puis, ils lui tendent l'appareil photo, il essaie puis le rend à Rosalie qui se positionne, cette fois-ci, sans l'aide de son père et ainsi de suite jusqu'à ce que Victor redevienne avec eux comme avant.

Après sa première prise du visage de Rosalie, il saute de joie car elle n'a pas compris qu'il prenait la photo pour de vrai. Il a réussi son portrait sur le vif ! Le père et la fille se regardent, complices.

Le dîner du soir est très animé. Rosalie et Victor sont impatients de développer leurs premières photos. Ils racontent tout ce qu'ils ont appris durant l'après-midi. Parfois Armand rectifie ou précise un point. Tout le monde pose des questions, même les deux plus jeunes.

— Pourquoi as-tu choisi les caisses à l'entrée du garage ? demande Laurent

Rosalie ne veut pas divulguer ses secrets et répond la première chose qui lui passe par la tête.

— Parce que demain on va le ranger et on oubliera comment il était avant d'être un laboratoire.

— Papa, est-ce que je peux aider pour ranger le garage ? demande Arnaud, le dernier de la famille.

— Moi aussi je veux aider, renchérit Georges, numéro quatre dans la fratrie.

— Bien sûr, je vais réfléchir ce soir à qui fera quoi demain.

— Oui mais c'est comment un laboratoire ? interroge Violaine.

— Tout noir !

— Pourquoi c'est tout noir ?

— Non il y a une lumière rouge…

— Et puis des pinces à linge…

— Et aussi une corde pour…

— C'est tout noir, répond Armand, parce que le développement d'une photo provient d'une réaction chimique. Si la pellicule s'expose à la lumière avant que la photo soit fixée sur le papier, on peut se retrouver devant une épreuve noire c'est-à-dire sans photo du tout. Vous allez découvrir que dans un labo photo il y a deux ennemis : la lumière et la poussière. Demain journée d'installation du laboratoire !

— … et développement de nos premières photos poursuivent Rosalie et Victor.

— Je ne vous promets rien, on va avoir du travail pour l'aménagement demain.

— Oui mais tu nous as expliqué que ton labo était dans le garage, avant. Alors tu as tout ?

— C'est toujours plus long qu'on le croit. Comme le garage n'a pas été rangé depuis un moment, je ne sais pas si je vais tout retrouver et remettre en place facilement ».

Tous posent de nombreuses questions à Armand qui leur répond avec patience.

Embarquée par la vitalité qui se dégage, Madeleine participe aussi à la conversation. Les enfants ont grandi. La dépression l'a gagnée à cause de ses enfants, elle en sortira grâce à eux !

Rosalie ne sait pas que Madeleine en osant inviter Victor s'est étonnée elle-même. Le regard amoureux d'Armand, la veille quand il lui a rappelé les photos qu'il prenait d'elle, au début de leur rencontre, l'a troublée. Elle avait oublié ces temps heureux.

Au calme dans son lit, Rosalie se remémore la journée, elle est contente. Depuis l'arrivée de Victor, la photographie soude sa famille. Cela lui fait plaisir, même si la photo ne l'attire pas tant que ça. Il est encore trop tôt pour savoir si cela lui plaît vraiment, elle vient de commencer. Elle repense avec émotion à la complicité avec son père quand ils ont aidé Victor à trouver la bonne position avec l'appareil. Rosalie se sent utile. Victor a besoin d'elle. Elle ne sait pas pourquoi mais elle le trouve « bizarre » parfois. En trois jours, tout a changé. Elle ne se sent plus seule depuis qu'il habite *La Villa*. Quand les jumeaux refusent d'aider, il les remplace sans un mot ce qui les fait revenir aussitôt. Tout est plus léger pour elle car son rôle de sœur aînée prend moins d'importance.

— Ces vacances je ne les oublierai jamais, je ne me sens plus toute seule !

Puis elle se rappelle les caisses du garage qui cachent les couleurs merveilleuses. Aussitôt, des rayures rouges et blanches apparaissent, tels des traits de crayon organisés en figures géométriques posées sur un fond qui passe du gris au noir. Les hachures se fondent en un rose fuchsia, qui occupe l'espace, vire au pourpre puis s'adoucit en violine avant de se poser en mauve puis disparaître pour laisser place à un bleu outremer qui la surprend et la sort de sa rêverie. Allongée, les yeux fermés, Rosalie pense très fort à ce bleu qui a réapparu. Elle sourit car les caisses lui ont transmis un peu de leur pouvoir magique.

CHAPITRE 8 : FACE À SOI

Mélanie sort de *La villa*, reprend la voiture garée le long du mur, longe la mer et s'arrête un peu plus loin. Elle regarde sa montre, bientôt quatre heures et demie et décide de marcher sur le sable avant de retrouver Albin et les garçons. Le soleil tape encore un peu. La mer est basse. Quelques familles finissent de goûter, d'autres rangent pliants et serviettes de plage. Des enfants plein de rêves construisent dans le sable des châteaux improbables tandis que d'autres courent après un ballon.

Depuis combien de temps Mélanie n'a-t-elle pas marché seule sur une plage ? Elle se souvient d'être venue voir sa mère et sa tante en Bretagne, une fin d'été, avant la rentrée des classes. Elle était enceinte de Victor. Au moins treize ans déjà ! Elle se rappelle les vacanciers partis et la plage pour elle seule. Elle s'y est promené les fins de journées, a respiré l'air iodé à pleins poumons en admirant l'infini de la mer et du ciel. Parfois, elle a chanté ou déclamé des poèmes de Prévert dont le célèbre *Barbara* qui la touchait tant :

« Rappelle-toi Barbara
Il pleuvait sans cesse sur Brest ce jour-là
Et tu marchais souriante
Épanouie Ravie Ruisselante… » [8]

Cette Mélanie-là, Méli, s'est estompée peu à peu. Aujourd'hui à la croisée des chemins de sa vie, elle se cherche. Ce besoin de marcher l'aide à ne pas se replier, s'effondrer de désespoir et de culpabilité de ce qu'elle a laissé faire sur Victor…

Son combat est là. Tenir debout, faire face, assumer sa part. Rien que sa part déjà… c'est tellement douloureux. Impensable qu'une mère ne protège pas son enfant. Aveugle, elle a été aveugle parce que cela l'arrangeait ! Elle ne s'épargne pas. Elle marche pour ne pas tomber. Elle marche dans le sable parce qu'elle ne peut pas cogner ni gueuler. Peu à peu, elle s'apaise en repensant à sa conversation avec Victor. Elle a vu dans son œil un « possible » entre eux. À elle de le recréer. L'espoir revient.

Et puis, elle se rappelle le jour où elle s'est dit : *Victor est triste. La lumière et la joie ont disparu de son regard.* Elle avait vu les signes sans comprendre. Alors elle s'en veut. Elle a laissé glisser ces signes dans les abîmes de sa résignation. Elle aurait dû rester vigilante, parler avec son fils. Elle aurait dû affronter Albin. Elle aurait dû. Tous ses renoncements lui sautent à la gorge. Insupportable !

Elle a oublié la plage. Sa culpabilité l'étouffe… Elle ne chante plus, aucun poème ne remonte à sa mémoire… Elle n'arrive plus à avancer, elle suffoque… Elle tombe, pleure d'impuissance et de peur, sans se soucier des quelques personnes disséminées autour d'elle. Elle souhaite disparaître et mourir. Elle hoquette, son nez coule, en respirant elle aspire du sable qui se mélange à sa salive et sa morve. Cela lui est égal. Ses sanglots diminuent peu à peu. Et puis, elle bascule dans une sorte d'absence qui dure quelques minutes.

À son réveil, ses larmes se sont taries. Elle reprend peu à peu conscience du bruit des mouettes, du murmure des vagues au loin, des rires d'enfants qui se poursuivent. Elle s'assoit, cherche dans son sac un mouchoir, souffle dedans, le replie et s'essuie le nez, les joues. Elle crache le sable et époussette celui resté sur ses lèvres avec le mouchoir. Elle se recoiffe avec les doigts. Assise, elle reste là un moment les yeux dans le vague.

Puis, Mélanie se relève, tapote et secoue sa robe de coton pour la défroisser. Vidée de toute énergie, elle se reprend en s'accrochant à ce « possible » vu dans l'œil de son fils. Aucune peur d'elle, aucune haine d'elle, aucune accusation vis-à-vis d'elle, juste une distance prudente et ce qui lui fait mal mais aussi du bien de l'Amour, tellement d'Amour !

Elle accepte de recevoir et respecter cet amour immense qu'elle ne mérite pas. Elle s'imprègne de cet amour inconditionnel pour se redresser et choisir la vie. Elle se promet d'être à la hauteur de ce cadeau inestimable. Elle retrouve une raison de vivre et de sortir de ce sable dans lequel elle a souhaité disparaître.

Les sandales à la main, elle se dirige au bord de l'eau. La fraîcheur et la sensation de se laver les pieds la soulagent. Elle se passe un peu d'eau fraîche sur le visage. Comme le vent, la mer nettoie et efface. Mais elle le sait, ses manquements à son rôle de mère resteront gravés comme un poignard en plein cœur.

Il est temps de rentrer, elle vérifie sa montre, ses autres fils l'attendent. Mélanie remonte en haut de la plage tout à ses pensées. S'arrête pour enlever le sable collé à ses pieds avant d'enfiler ses sandales. Une pensée la traverse : *je n'ai pas maquillé mes orteils* comme dit Baptiste. Elle esquisse un semblant de sourire devant tant de futilité, traverse l'avenue pour regagner sa voiture et s'installe au volant.

Juste après avoir tourné à gauche, dans l'allée de marronniers, Mélanie se gare sur le bas-côté. La peur a resurgi. Ses pensées la submergent à nouveau et elle repart en boucle. Retrouver Albin ce soir et partager son toit ? Elle en a des haut-le-cœur. Comment a-t-elle pu lui prendre le bras après le départ de Victor et tenter de se rapprocher de lui ? Qu'est-ce qui lui a pris ? Pourquoi s'est-il attaqué à Victor ? Pourquoi Vincent et Baptiste trouvent-ils grâce à ses yeux ?

Elle sait aussi que la guerre n'est pas si loin. « Quelle connerie la guerre », disait Prévert dans la chanson. Elle en a entendu des histoires d'hommes ou même de femmes devenus des monstres dans cette folie. Obtenir des aveux, des « renseignements » osaient-ils dire pour se justifier. Elle sait que la bête est en chaque homme, tapie, prête à bondir. Pourquoi et qui a réveillé celle d'Albin ? En quoi est-elle responsable de ce réveil ? Que de pourquoi sans réponse et qui ne servent à rien.

Elle n'a pas l'énergie ni la lucidité de parler à Albin ce soir. L'après-midi a été rude. Elle se donne encore du temps pour prendre du recul et décider du futur avec ou sans lui. Elle ne sait pas encore ce qu'elle doit faire. Ce n'est pas de la lâcheté. Elle n'a plus de parents. Elle n'a plus de travail. Elle a trois enfants, trois garçons avec un homme, leur père qui n'est plus un père pour Victor, leur aîné. Même si Vincent et Baptiste ont dépassé les huit ans, Albin semble se conduire en père respectueux. Mais l'est-il vraiment ? Peut-on lui faire confiance ? Que savent-ils de ce qui est arrivé à leur frère ? Comment peuvent-ils vivre cette différence ? Même si elle les garde près d'elle et surveille leur père depuis la première violence verbale d'Albin, sont-ils réellement protégés ? Quels impacts auront sur leurs vies d'hommes ces comportements de leurs géniteurs qui n'ont pas su être parents ? Elle se met dans le lot des géniteurs. Elle doit l'admettre, sa famille est pourrie de l'intérieur même si un seul enfant en est la victime concrète. Elle a contribué à cette dégradation. Que peut-elle faire aujourd'hui devant ce constat ? Fuir et après ? Comment réparer ? Que dire ? Qu'expliquer ? À qui parler ? C'est tellement horrible. Affronter Albin, il le faudra. Une nécessité pour Victor, pour les enfants, pour elle… et peut-être pour Albin,… enfin retrouver leur dignité à tous.

Comme il y a trois nuits déjà, elle fait face. Elle ne pose pas de voile sur la vérité pour la masquer. Elle assume, elle assumera devant Victor – elle vient de le faire – devant Vincent et Baptiste. Elle affrontera Albin. Elle le sent, elle a fait le plus dur : assumer face à elle-même d'avoir contribué au malheur de ses enfants et de Victor en particulier. La douleur va durer, elle le sait. Elle la devine déjà enfouie, tapie toujours prête à resurgir mêlée de culpabilité.

Or, se sentir coupable c'est aussi se regarder soi, s'attendrir sur soi. Ne pas se tromper, Victor est la victime, ce n'est pas elle. Alors lutter contre la culpabilité, ce venin qui inverse la réalité. Cette douleur est si peu en comparaison de ce qu'il a vécu. Vivre avec pour reconstruire, elle n'a pas le choix.

Elle tourne en boucle. Comment pourrait-elle faire autrement ?

Mélanie se regarde dans le rétroviseur et découvre des traces de sel sur ses joues mélange de larmes et d'eau de mer. Avec un peu de salive sur le bout du doigt, elle efface les marques blanches puis arrange sa coiffure et se remet du rouge à lèvres. Elle a retrouvé ce tube il y a deux jours. Ce n'est pas pour masquer qu'elle se maquille, mais pour reprendre soin d'elle, elle s'est trop négligée ces derniers temps. Elle vernira à nouveau de rouge ses ongles de pieds.

Prête à rentrer en cette fin de journée dans leur maison de vacances pour retrouver Albin et leurs deux fils, elle démarre doucement en direction de la maison.

À son arrivée, les garçons courent vers la voiture.

— Tu as vu Victor ?

— Oui, il va bien répond-elle en les serrant dans ses bras. Ils l'entourent aussi. Ils se respirent, se sentent comme des animaux heureux de se retrouver.

— Quand est-ce qu'on le verra ?

— Demain ou après-demain, on ira à la plage se baigner et on le retrouvera. Oncle Armand va lui apprendre à faire de la photo.

— Il en rêvait, il nous l'avait dit.

— Je ne le savais pas… !

— Pourtant c'était…

— Vous avez raison, les garçons, j'aurais dû le savoir. Qu'avez-vous fait durant mon absence ?

Un monsieur est venu livrer du bois et on a rangé les bûches avec Papa, répondent-ils dans un bel ensemble, surpris par la réaction de leur mère sur ce qu'elle aurait dû savoir.

— On fait une belle flambée ce soir alors ?

— Est-ce qu'on pourrait jouer au *Barbu* ? demande Vincent.

— On n'y a pas joué depuis le début des vacances, ajoute Baptiste.

— Oui, si votre père est d'accord on doit jouer à quatre au minimum.

Mélanie sourit, les garçons respectent les traditions. Elle se souvient et se parle à l'intérieur d'elle-même. *Pas de vacances à Matignon sans jouer au Barbu. Ils sont trop jeunes pour se rappeler les parties qui duraient toute l'après-midi les jours de pluie ou le soir à point d'heure. Victor avait plus de sept ans à la mort de sa grand-mère maternelle, il jouait déjà seul avec les adultes. Baptiste tentait de suivre le jeu, assis sur mes genoux. Ah que j'aime ces souvenirs heureux. Les rires quand on arrivait à « salade » (ni levées, ni cœurs, ni dames, ni roi de cœur) et que tout le monde se mélangeait. Le suspens de la dernière levée. Les garçons veulent remettre du rire, de la vie dans la maison. Même si tout cela est terminé depuis la mort de ma mère. C'est à cette période difficile qu'Albin a changé. J'étais peut-être envahie par mon deuil et ma douleur pour affronter et protéger Victor ? Mélanie on ne peut pas refaire le passé. Tu repars en boucle… Occupe-toi de l'avenir, de celui de Victor et ses frères, du tien. Prépare-toi à retrouver Albin et à préparer le dîner.*

À l'entrée du salon, elle le voit assis un livre dans les mains. Les bûches et le petit bois sont disposés dans la cheminée, il n'y aura plus qu'à allumer le feu. La gorge serrée, elle entre.

— Cela s'est bien passé ?

— Oui, répond Albin d'une voix étouffée, sans lever les yeux.

— Les garçons m'ont demandé de jouer au *Barbu* ce soir et j'ai dit oui.

— Comme tu veux, murmure-t-il sans la regarder.

Albin est mal à l'aise, cela s'entend et se voit. Même s'il ne l'avouera jamais, il est soulagé de faire chambre à part. Le rapprochement de Mélanie l'autre jour l'a glacé.

Aussi étrange que cela puisse paraître, Mélanie reprend de l'assurance. Elle n'a pas peur même si ce n'est pas une situation facile à gérer. À elle de mettre le tempo. C'est un vrai changement.

Même si cela peut sembler surprenant, elle ne s'inquiète pas pour l'après-midi des deux garçons. Elle a su, en les voyant courir vers elle à son arrivée, que tout s'était bien passé durant son absence. Albin les a respectés, elle l'a perçu dans leur regard clair. Elle est si proche d'eux. Impossible, maintenant qu'elle sait, de ne pas se poser la question. Pas facile de soupçonner le père de ses enfants, mais elle doit le faire. L'oublier serait nier la violence qu'a subie Victor.

Vivre dans la méfiance aujourd'hui ne rend pas les choses plus difficiles. La confiance a fui ce foyer depuis bien longtemps. Rien n'a changé. Si, une chose et pas n'importe laquelle, aujourd'hui elle sait et elle affronte la réalité. Sans se cacher, elle avance pas à pas, debout dans ce brouillard qui s'éclaircit. Elle a quitté l'impuissance du désespoir. Avancer à son rythme c'est son courage. On ne parle pas de ces choses-là. Et puis, comment en parler ? Et à qui ? C'est cela qu'elle doit résoudre. Tellement de choses à prendre en compte, ne rien simplifier. Allumer le feu dans les ténèbres est à ce prix.

CHAPITRE 9 : ISOLEMENT

Albin reste seul tout l'après-midi à *Matignon* même s'il ne l'a pas décidé. Une première pour lui.

À la fin du déjeuner, Mélanie lui a simplement indiqué son programme : « Nous partons à la plage retrouver Victor. Nous rentrerons après le goûter ».

Surpris, il répond par réflexe : « Amusez-vous bien, j'ai des dossiers à travailler ». Cette habitude acquise à l'Assemblée lui donne l'impression de garder la main quoi qu'il arrive. Perdre la face devant les garçons est sa hantise, alors qu'il ne s'agit pas de cela. Heureusement il ne pousse pas l'obscénité en leur demandant d'embrasser Victor pour lui. Il aurait été capable de finir sa phrase ainsi, par automatisme. L'attitude de Mélanie l'en empêche. Elle le regarde calmement d'un air étonné qui lui retire toute envie de poursuivre. Pris la main dans le sac du mensonge, alors que personne ne lui demande rien, il attend leur départ avec impatience.

Les enfants montent dans la voiture, Mélanie claque le coffre sur le sac de plage et son pliant, s'installe au volant, allume le contact sans un regard pour son mari, puis pousse le petit levier de vitesse niché sur le haut du tableau de bord et démarre. D'habitude, à Matignon, Mélanie utilise la 2CV attachée à la maison. Mais depuis deux ans, la voiture reste bloquée sur des cales dans la remise. Albin refuse de s'en occuper et Mélanie n'a jamais osé demander au garagiste de passer craignant de déclencher le courroux de son mari. La veille, Albin lui a transmis les clés de la DS sans difficulté. Aujourd'hui elle les a récupérées sur le meuble de l'entrée sans lui demander. Il les suit à pied pour fermer la grille après leur départ mais au bout de l'allée la voiture s'arrête, Baptiste descend, ouvre puis ferme les deux battants. Albin fait demi-tour. Même là, il est inutile.

Révolté devant cet isolement forcé, tenté de tout casser sur son passage, il monte enragé au premier étage fouiller dans les affaires de Mélanie qui doit sûrement lui cacher quelque chose malgré son air angélique retrouvé depuis peu. Il entre avec brutalité dans la chambre de Victor où elle s'est installée définitivement. Et là, stoppé net dans sa violence, il reste statufié. Impossible d'avancer ou de reculer. L'effluve du parfum de Mélanie flotte encore dans la pièce. Sa brosse, son poudrier et son fard à joues sont posés sur le bureau de Victor, à côté de la fenêtre. La présence de son fils aîné le happe instantanément. Victor face à lui le regarde droit dans les yeux. Insupportable ! Une sorte de râle sort de la bouche d'Albin. Il tend les mains pour se retenir au chambranle de la porte. Combien de temps reste-t-il ainsi hébété, absent, arrêté dans sa colère par un fantôme ? Il ne sait pas. Quand il revient à lui, toujours debout, les présences de Mélanie et de Victor se mélangent. La mère et le fils se superposent pour l'interroger. Il ferme les yeux pour ne pas voir mais il entend dans sa tête leur « pourquoi ? ». Une nausée monte puis disparaît. Il passe du dégoût à la colère, puis revient au dégoût. À nouveau la colère qui retombe aussitôt ; il n'a pas l'énergie d'une colère. Il reste là terrifié, seul avec sa peur, à l'entrée de la chambre de Victor. Aucune pensée, pas une idée ni un souvenir ou une réflexion n'émergent. Seule la peur l'habite et l'entoure.

Le soleil a tourné, la chambre s'est légèrement assombrie. Ce changement d'intensité lumineuse l'inquiète, il n'a pas surveillé l'heure, s'en veut et s'accable de reproches. *Bientôt quatre heures, ils ne vont pas rentrer tout de suite, ouf !* se dit-il. Fermant la porte avec précaution pour ne pas réveiller d'autres fantômes, sonné tel un boxeur, Albin descend l'escalier marche après marche. Disparus le fanfaron et le despote. À petits pas, il traverse le salon et s'écroule dans son fauteuil préféré, près de la cheminée. Il tente de se relever pour se servir un whisky mais il n'en a pas la force. Prostré dans ce fauteuil de cuir confortable, il reste là assommé.

Le bruit de la voiture le sort de sa torpeur. *Pas le courage de bouger... Retrouver vite mes esprits.* Les portières claquent, les garçons l'appellent :

— Papa ! Papa ! T'es où ?

Impossible de leur répondre. Ils entrent en trombe dans la maison et se dirigent vers le salon.

— Je m'étais endormi, articule-t-il d'une voix sourde.

Les garçons ne l'écoutent pas vraiment, ils veulent l'associer à leur après-midi.

— On s'est baigné avec Victor, Rosalie et les autres ! annoncent-ils triomphants.

— Oncle Armand nous a arrosés, c'est pas juste, raconte avec un grand sérieux Baptiste.

— Pourquoi ?

— C'est une grande personne, on n'a pas le droit de l'arroser, se plaint Vincent.

— Vous avez essayé ?

— Non, répondent-ils en chœur.

— Comment les grands ont-ils réagi quand oncle Armand vous a arrosés ?

— Ils sont partis en riant avant qu'il les éclabousse ! Ils courent dans l'eau nous on n'y arrive pas ! ...

La capacité des enfants à attirer les adultes dans leur monde régénère Albin. L'innocence de ses fils le ramène à la vie. Il se sent utile.

L'eau coule dans le bac en pierre, Mélanie rince les maillots de bain. Elle les essore à pleines mains avant d'aller vers la remise les étendre sur le fil à linge protégé par le toit. Après avoir secoué le sable des serviettes de plage, elle les pose à cheval sur le fil. Ces gestes simples lui offrent une transition avant de retrouver un mari abandonné, tout un après-midi, sans lui demander son avis. Elle ressent un peu d'inquiétude.

La fenêtre du salon est ouverte. Albin entend les bruits d'eau au loin, les pas sur les graviers. Il sait que Mélanie se dirige vers le salon.

— Tu as passé un bon après-midi ? lui demande-t-elle en entrant un peu raide dans la pièce.

— Je me suis endormi. Les cris des garçons m'ont réveillé, riposte-t-il avec agressivité sur la fin.

— Tu devais en avoir besoin.

Mélanie se dirige vers la cuisine pour préparer le dîner et raccourcir l'échange qui risque de dégénérer.

— Je n'ai pas vu le temps passer, reprend-il plus doucement.

— Tant mieux. Il faisait bon à la plage, les enfants se sont beaucoup dépensés. Ils vont bien dormir, répond-elle d'une voix plus forte tout en traversant l'entrée et la salle à manger. Puis s'adressant à Vincent et Baptiste montés au premier dans leurs chambres :

— Les garçons, déshabillez-vous et je fais chauffer l'eau pour le tub.

Les garçons adorent les « tubs » bien chauds qui sont une tradition des vacances en Bretagne. Ils arrosent toute la cuisine. L'année prochaine ce sera différent car leur père a décidé d'installer deux vraies salles de bain, une pour les parents, une pour les enfants. Mais tiendra-t-il sa promesse ?

Albin ne se lève pas pour la rejoindre et poursuivre leur échange. Il se reproche son agressivité qui l'affaiblit devant elle.

Arrivée dans la cuisine, elle saisit une grande marmite qu'elle remplit d'eau, pose sur le réchaud et allume le gaz. Puis, elle ouvre une porte, inspire la forte odeur d'humidité, descend les trois marches qui conduisent à un réduit sans fenêtre, plus frais que le reste de la maison ; le sol est en terre battue. En Bretagne, Mélanie retrouve des habitudes passées et utilise le garde-manger – au grillage si fin, clouté sur le cadre de bois des portes – alors que le réfrigérateur ronronne dans la cuisine. Elle remonte le dîner : une soupe de légumes et la tourtière foncée de pâte brisée qu'elle a préparées le matin. Tout en battant les œufs avec la crème fraîche et le lait, elle repense à l'après-midi.

Les retrouvailles silencieuses des trois garçons lui ont fait beaucoup de bien. Ils irradiaient de joie, tous. Dommage qu'il y ait eu cette dispute entre Rosalie, ses frères et sa sœur. Rosalie a voulu entraîner les jumeaux et ses frères jouer plus loin. Leur résistance puis l'altercation ont perturbé ce moment heureux.

— Commandeuse ! Tu n'es qu'une commandeuse comme toujours !

— Vous ne comprenez rien, il faut les laisser.

— Mademoiselle je sais tout ! Comme toujours !

— Maman ! Rosalie fait rien que nous embêter !

Ces cris ont surpris les adultes, attendris dans la contemplation des trois frères. Madeleine les a apostrophés d'une voix excédée :

— Rosalie laisse les tranquilles ! Et les autres, arrêtez de crier vous dérangez toute la plage !

En se remémorant la scène, Mélanie comprend avec retard l'intention de Rosalie. *Aînée, une position difficile et injuste* soupire-t-elle.

Elle termine de couper les lardons avec son grand couteau sur la planche de bois, les dispose sur le fond de tarte, verse la préparation dessus et enfourne le moule à mi hauteur. *La quiche cuira pendant que je monte surveiller les enfants et les aide à ranger leur chambre.*

Le choc des deux univers – plage vivante face à foyer morose – est rude pour Mélanie, encore toute à la joie de son après-midi. La pointe d'agressivité d'Albin l'a rapidement rappelée à l'ordre. Mais qu'a-t-il fait de son après-midi ? L'a-t-il vraiment passée à dormir ? Cela ne la regarde pas. Ils ne se parlent plus vraiment depuis plusieurs années. *Il n'a pas explosé une seule fois depuis le départ de Victor,* se dit-elle. *Il se contient peut-être, ce serait nouveau... Un jour après l'autre... Je recommence demain puisqu'il n'a rien dit. Je verrai Victor tous les jours, les garçons s'amuseront avec les frères de Rosalie et moi je profiterai enfin de mes vacances au bord de la mer* ! Pour une fois, elle pense aussi à elle et se sent un peu plus solide. Elle n'imagine pas lui proposer de venir avec elle.

Une bonne odeur de quiche envahit le rez-de-chaussée. Parents et enfants dînent ensemble dans la salle à manger à la table trop grande pour quatre. Les garçons prononcent le prénom de « Victor » – leur père n'ayant pas réagi dans le salon tout à l'heure – et racontent leur après-midi. Mélanie se lève pour rapporter la soupière et les assiettes creuses à la cuisine, puis coupe et sert les parts de quiche à chacun. Elle se garde bien d'interrompre la conversation pour corriger quoi que ce soit. Albin sourit parfois à ses fils mais jette des regards noirs à Mélanie. L'enthousiasme des garçons contrebalance l'humeur maussade habituelle de ce mari. Après avoir débarrassé et essuyé la vaisselle avec les enfants, elle passe un coup de balai dans la cuisine et les retrouve au salon pour la partie de *Barbu* du soir. Moins de rires cette fois que la veille, la fatigue des bains de mer sans doute.

Les après-midi à la mer, sans le père, se poursuivent. Mélanie s'organise en conséquence, remet de l'ordre à tous les niveaux. Redevenue attentive à sa tenue, elle vérifie si ses vêtements sont tachés, se maquille légèrement et laisse libres ses cheveux propres. En repensant à l'état dans lequel elle a accueilli Madeleine et Armand, le jour du départ de Victor, le rouge lui monte encore au front. La maison retrouve un semblant d'âme. Pas encore comme avant, ou du temps de feu sa tante, mais la vie reprend. Dans différentes pièces, ouverts ou pliés, les journaux d'Albin, acheminés par le facteur chaque jour, traînent sur un fauteuil, une table ou un meuble. Elle les regroupe en un tas près de la cheminée, ils serviront à allumer le feu et si Albin en a besoin il les retrouvera facilement. Les menus de la semaine remplissent le cahier posé sur le buffet de la cuisine, comme avant. Mais avant quoi ? Avant quand ? Elle ne sait plus. Tout s'est dégradé de façon imperceptible, comme si la vie s'était arrêtée peu à peu… C'est pourquoi décompter le temps à partir du départ de Victor la dynamise. Son horloge intérieure a changé. Tous ses actes d'aujourd'hui et demain trouvent leur origine dans cette date, son point de repère.

La solitude imposée des nouveaux après-midi d'Albin alimente sa colère contre Mélanie mais surtout contre lui-même. Il s'en veut de n'avoir pas osé refuser, en présence d'Armand et Madeleine, l'invitation pour Victor. Depuis tout va à vau-l'eau. À cette colère s'ajoute sa crainte habituelle de l'intrusion d'un voleur. Son esprit invente même un guetteur chargé d'observer le départ de la voiture et qui, dès la grille fermée, ferait signe à un complice qui s'introduirait dans le jardin pour pénétrer dans la maison. Chaque bruit le fait sursauter. Son imagination lui joue des tours. Il cherche un moyen de défense, qu'il ne trouve pas, puis s'enferme à clé pour rouvrir une heure après. Deux jours passent, il n'y a pas eu de voleur. Il apprend à reconnaître les bruits de la maison vide et ceux du jardin. Il se détend. Être aux aguets crée une tension intérieure épuisante. Toujours sur ses gardes que ce soit durant ses études, devant ses parents, à la Chambre, avec ses relations et même en famille. Imposteur jusque dans sa paternité, il est hanté par la crainte de se voir démasqué à tout moment, obsédé par lui-même. L'absence de Victor ne l'affecte pas, il l'a presque oublié. Il parlait si peu, toujours dans son coin, la tête baissée : *un mou, un faible…* Albin efface Victor pour oublier ce qu'il lui a fait. La vie est plus facile à vivre quand on gomme ceux qui nous dérangent ou ce qui nous dérange.

Au fil des jours, Albin apprécie de vivre une solitude imposée chaque après-midi. Il n'en peut plus de cette gentille famille, sans un mot plus haut que l'autre alors qu'il se retient d'exploser chaque minute. Mélanie reprend tout en main et lui échappe, insupportable ! Il étouffe. Seul un verre de whisky le calme. Difficile pour lui d'affronter l'incertitude, la raison de ce changement brutal qu'il ne comprend pas. Il ne se laissera plus piéger comme l'autre fois quand elle lui a pris le bras, en remontant l'allée après avoir fermé la grille sur la voiture d'Armand. Il se promet de la mater mais il sait qu'il ne le fera pas et il s'en veut. La peur et le mépris de lui-même. La peur ne le quitte pas, sa colère d'impuissance non plus.

Un soir qu'ils jouent tous les quatre au *Barbu*, comme tous les soirs :

— Papa pourquoi tu ne viens jamais à la plage avec nous ? l'interroge Baptiste.

Surpris, Albin ne répond pas tout de suite, puis affirme :

— J'ai des dossiers à étudier avant la rentrée. Je dois aussi tondre la pelouse, couper les buis. Cette année pas de plage pour moi, je le regrette bien, tu sais. Il faut bien que quelqu'un fasse le boulot puisque le fils de Louis est au lit bloqué par un tour de rein depuis le début de nos vacances.

Mélanie sourit intérieurement de voir Albin avoir réponse à tout, comme toujours, et de passer pour une victime devant ses fils. *Il est fort*, se dit-elle amusée, *il participe rarement à des tâches domestiques car pour lui ce serait déchoir. Même chose pour un travail physique, seul l'intellect compte* !

La réponse faite à son fils engage Albin. Il désire qu'on l'admire, un besoin vital. C'est pourquoi Baptiste et Vincent exercent, sans le savoir, une influence sur lui. Le regard de Victor, qui s'est transformé en un mélange de peur et de mépris, l'insupporte et décuple sa violence. Il n'est pas question que ses garçons ressemblent à leur frère Victor.

La nuit porte conseil, Albin se réveille avec une idée. Louis, ancien jardinier de la maison, ne travaille plus cette année mais il sait démarrer la tondeuse puisqu'il vient passer le relais à son propre fils. Le lendemain matin, Albin passe chez Louis qu'il invite à venir l'après-midi lui montrer les rudiments de la tondeuse et le maniement des cisailles à buis. Il n'en souffle mot à personne lors du déjeuner. Ce serait se rabaisser aux yeux de ses enfants, pense-t-il, C'est presque avec soulagement qu'il entend les portières claquer et le bruit du moteur. Il attend Louis et ses explications.

Louis a refusé le verre et ne souhaite pas prolonger la conversation. Albin le regarde s'éloigner dans l'allée sur son vélo et se dirige vers la remise. Enfin seul devant la machine ! Personne pour le déranger. Il peut se tromper à loisir, oublier quelque chose, observer cette foutue tondeuse hoqueter puis caler. S'énerver, pester puis recommencer en essayant de ne rien oublier, il veut y arriver à tout prix. En un après-midi, même s'il n'est pas fier de lui, il n'a pas tondu une seule parcelle d'herbe, il est satisfait d'avoir réussi à maîtriser le maniement de cet outil, lui l'intello. Oubliées colère et peur, il est content de lui. Mais le soir pas un mot au dîner, il ne se trouve pas glorieux. La tonte n'avance pas. Il est fatigué alors qu'il n'a rien fait : c'est humiliant.

Poursuivant ses efforts, il réussit à tondre toute la partie derrière la maison en deux après-midi. Un soir au dîner, Vincent lui demande :

— C'est toi qui as tondu ?

— Oui et c'est du boulot.

— Tu savais comment faire ?

— Non, mais je me suis débrouillé.

— C'était difficile ?

— Un peu car je ne suis pas habitué.

— Ben, dis donc, Albin lit l'admiration dans les yeux de ses fils et se sent obligé d'ajouter, même si cela ne lui ressemble pas :

— Louis est venu me montrer. Quand je me suis retrouvé seul, cela n'a pas été facile mais j'ai réussi à démarrer la tondeuse et à la manier.

— Louis… est… ve-nu… te… mon-trer, répètent lentement les deux garçons étonnés.

— Il est arrivé sur sa vieille bicyclette, content de revenir à la maison. J'ai commencé par le fond hier et terminé devant la maison peu avant votre arrivée. Demain matin vous m'aiderez à ramasser l'herbe coupée, j'ai préparé la brouette et le râteau.

— Je pousse la brouette ! s'exclame Vincent.

— Non c'est moi ! réagit Baptiste.

— On verra cela demain, répond leur père d'une voix cassante qui calme leurs ardeurs.

Mélanie n'intervient pas. Hier, en étendant les maillots de bain dans la remise, elle a bien vu que la tondeuse avait été déplacée, mais n'a posé aucune question. Elle n'aurait pas reçu de réponse. Émue devant ses fils qui regardent leur père avec stupéfaction, elle rêve d'un possible mais très vite le visage de Victor réapparaît avec l'éternelle question : pourquoi Victor ? Pourquoi lui ?

Les journées suivantes, avec une détermination inconnue de lui, jusqu'à présent, pour les travaux manuels, Albin poursuit avec la taille des buis, un travail plus physique encore. Centré sur ses gestes et la tenue des cisailles, il ne peut cette fois-ci accuser une machine quand il n'y arrive pas. Tout compte fait, ces travaux de jardinage lui plaisent. Les résultats sont visibles par tous, cela le valorise. Et puis, passer ses après-midis à l'extérieur est somme toute assez agréable. Le soir, il tombe de sommeil, sa fatigue justifie son peu d'entrain auprès des enfants qui ne semblent pas s'en formaliser. Les parties de *Barbu* alternent avec un nouveau jeu, le *Mille Bornes*, cadeau d'oncle Armand aux frères de Victor.

— Ce nouveau jeu passionne Victor, alors je vous l'offre pour que vous deveniez aussi fort que lui.

Cette attention délicate avait ému Mélanie, excité les garçons et tétanisé Albin.

Si Mélanie reste discrète, elle semble moins sensible à ses états d'humeur. Il l'entend rire avec les garçons, chantonner dans la cuisine. Depuis le déjeuner avec Armand, Madeleine et leurs enfants, elle n'a jamais pu reprendre son bras, il fait ce qu'il faut pour l'éviter. Décider de faire chambre à part après l'avoir serré de près, il faut savoir ce que l'on veut. Même s'ils n'avaient plus d'intimité depuis plusieurs années, il a dû s'incliner. Une humiliation. Elle ne regagnera plus la chambre commune, il l'a bien compris. Ne plus partager sa chambre le soulage, mais il ne l'avouera jamais. Le mépris et la peur ont disparu des yeux de Mélanie quand elle lui parle. Son regard affirme maintenant une farouche envie de vivre. Il ne lui a jamais connu cette détermination tranquille. Elle est plus forte qu'il ne le pensait. Elle l'impressionne, l'insécurise. Il aurait pu engager la conversation un soir devant le feu. Mais à quoi bon, il a trop de choses à cacher.

CHAPITRE 10 : RÉVEIL

Durant ces vacances, Rosalie découvre un père qu'elle ne connaît pas, énergique, dynamique. Un adulte heureux ! Une rareté pour elle. Mais ce qui l'étonne le plus, surtout, c'est que sa mère exprime aussi une certaine gaieté au quotidien. Un matin, elle la découvre par hasard dans le bureau inoccupé du grand-père. Et ce n'est pas pour y pleurer. Elle jette un œil dans l'entrebâillement de la porte et aperçoit d'abord la méridienne recouverte d'un reps vert bouteille, puis deux pieds aux ongles vernis de rouge et avant que son regard remonte plus haut elle reconnaît les jambes de sa mère et ses sandales posées par terre. Elle frappe et entend une réponse mécanique.

— Entrez.

Allongée sur la méridienne, face à la mer, Madeleine plongée dans un livre ne lève pas la tête tout de suite. Très surprise, Rosalie reste sur le pas de la porte.

— Entre, Rosalie, que veux-tu ?

— On part avec Papa, Victor et les jumeaux faire des repérages dans les rues. Les garçons jouent à côté de la cuisine.

— Très bien. Fermez bien le portail derrière vous.

Rosalie s'aventure à poser une question :

— Tu lis quoi ?

— *Bonjour tristesse* de Françoise Sagan. Un livre que m'a prêté tante Méli. Il a eu un grand succès.

Devant la disponibilité de sa mère, Rosalie tente d'engager une vraie conversation, ce qui arrive rarement.

— Tu le trouves bien ?

— Oui, très bien écrit. Il a fait scandale à sa sortie il y a trois ou quatre ans ce qui est une des autres raisons de son succès.

— Et toi tu le trouves scandaleux ?

— Non pas vraiment, je le trouve osé… Celle qui l'a écrit avait dix-huit ans.

— Osé cela veut dire quoi ?

— Je t'expliquerai plus tard, ton père et les autres vont t'attendre. Ce bureau est idéal pour la lecture. Cela fait bien longtemps que je ne lisais plus. Et ce livre m'a embarquée… J'avais oublié cette sensation, qu'est-ce que cela fait du bien. Bonne promenade photo !

Une façon adroite d'échapper à la question à laquelle elle ne savait pas ou ne voulait pas répondre.

Rosalie n'insiste pas, comme d'habitude Madeleine ne s'intéresse pas à sa fille et ne parle que d'elle. Elle redescend les escaliers avec ce pincement au cœur qu'elle connaît bien. Sa mère n'a jamais de temps à lui consacrer mais pour les jumeaux ou les deux plus jeunes ce n'est pas la même chose. Parfois, quand elle entre dans une pièce elle les surprend en plein câlin. Ça lui fait mal. En général elle s'éclipse si discrètement qu'ils ne savent pas qu'elle les a vus, même s'ils ne se cachent pas. « Pourquoi eux et pas moi ? Pourquoi je n'ai pas droit aux bras moi ? » soupire-t-elle dans sa tête tout en rejoignant Victor et les autres en trainant les pieds.

— Qu'est-ce qui se passe Rosalie ? s'écrie Victor en l'apercevant de loin.

— Rien.

— Tu marchais comme si tu étais triste.

— Je pensais…

— À des choses tristes !

Rosalie lui répond par un sourire forcé.

Impossible de cacher quoi que ce soit à Victor. Ces deux enfants-là sont liés.

— Le premier arrivé au bout de la rue !

Victor l'embarque dans une course mais elle n'a pas le cœur à courir aujourd'hui. Alors il revient vers elle.

— Allez viens ! On joue, le reste on s'en moque !

Il lui tend la main.

Parce que c'est Victor, comme elle il connaît le désespoir ! Parce qu'il ne lui dit jamais qu'elle est trop sérieuse ou trop ceci ou cela, alors elle accepte de prendre sa main et de courir avec lui... Elle hurle. Victor enchaîne. Dégueulant ce qui les étouffe, le duo se déchaîne et teste toutes sortes de sons les plus improbables. Essoufflés, riant aux éclats, ils rejoignent Armand qui les regarde, amusé.

Très aidée par Marthe et sa fille, attachées à la famille d'Armand depuis des années, Madeleine ose, depuis bien longtemps, prendre du temps pour elle, sans culpabilité. Les enfants sont plus grands et ne requièrent plus la même attention quand ils sont dans la villa. Le matin, dans le labo photo leur père les supervise de loin. Quand ils partent en exploration avec Victor et Rosalie, bien souvent les jumeaux les accompagnent et les garçons restent sous la garde de Marthe ou sa fille.

Les jours de marché, Madeleine s'y rend de bonne heure, avec la fille de Marthe qui l'aide à porter ses achats. Une ou deux fois Victor et Rosalie l'ont accompagnée. Après la lecture dans le bureau du beau-père, elle descend marcher sur la plage et nage seule avant le déjeuner. Quelle ivresse de retrouver sa liberté ! L'après-midi est consacré aux enfants, à la plage avec Mélanie et en rentrant elle jardine. Les bordures de pétunias blancs, violet foncé et rose vif qu'elle a plantés et qu'elle seule entretient, sont sa joie. « Un peu de couleur, a-t-elle expliqué à Armand, cela nous changera des hortensias bleus de l'entrée ! ». Ses beaux-parents ne passent plus leurs étés à Saint-Cast. Le voyage les fatigue. Ils n'ont plus l'âge de grimper les marches des escaliers qui conduisent à leur chambre ou au bureau. Armand encourage les initiatives de Madeleine, heureux de retrouver une épouse vivante et créative qui reprend goût à la vie.

Depuis l'arrivée des jumeaux, la pression de la perfection l'a tenue debout toutes ces années. Et cet été, Madeleine se relaxe. L'ouverture aux autres l'a-t-elle fait changer de priorité ? Ou est-ce tout simplement le moment pour elle ? Le bronzage lui va bien. Il fait ressortir ses yeux, sa bouche. Détente et fluidité imprègnent ses gestes quotidiens. Devenus plus lents, ils dégagent parfois une certaine lascivité dont elle n'est pas consciente, mais qui n'échappe pas à Armand. Il la regarde à nouveau comme une femme et plus comme une mère. L'envie de la prendre en photo revient ce qui le rend plus attentif et prévenant. Madeleine y est sensible. Il le sent à sa façon de se cambrer et de redresser la tête, à ses sourires plus spontanés. Cet été, il a envie de se rapprocher d'elle et de la retrouver. Sous ce regard désirant Madeleine retrouve sa féminité, sa sensualité. Tout est prétexte à des frôlements de la part de l'un ou l'autre. Les yeux dans les yeux, ils laissent monter leur désir. Leurs premières retrouvailles dans leur chambre furent emplies de pudeur et délicatesse.

— Je ne veux plus d'enfants, chuchote Madeleine, j'ai peur !...

— Je sais, on peut jouer autrement, viens...

Le lendemain sur la plage, chacun caresse discrètement du regard, le corps de l'autre. Tout à leur désir revenu, ils frissonnent en silence à ces caresses visibles d'eux seuls. Délicieux... à la fois d'écouter d'une oreille Mélanie, de surveiller d'un œil les enfants tout en restant troublé par son désir. Leur complicité retrouvée prend sa source dans l'union intime.

Si Mélanie retrouve Victor tous les après-midi, à *La villa*, ils se parlent assez peu, ni l'un ni l'autre n'en éprouve le besoin. Se voir leur suffit. Le plus important a été exprimé, lors de leurs retrouvailles. Parfois, il l'entraîne dans le labo photo, lui explique et lui montre ses progrès. Victor semble heureux, paisible. Il mincit ou plutôt dégonfle et s'allonge bien qu'elle le voie dévorer au goûter. « Il a bon appétit, tu sais Méli, cela fait plaisir », lui a rapporté Madeleine. Avec sa couleur légèrement dorée de ce bronzage réservé aux blonds, ses cheveux encore éclaircis par le soleil et la mer, ses yeux bleus qui reprennent vie, son fils devient un beau jeune homme.

Cet été se passe au mieux pour tous. Les parents de Rosalie sont enchantés de leurs vacances pleines d'imprévus qui leur offrent l'occasion d'un nouveau départ. L'absence et le silence d'Albin révèlent quelque chose d'anormal dans la famille de Victor. Mais quoi ? Est-ce que la souffrance des uns active le bonheur des autres ? La volonté d'accueillir Victor rapproche ce couple dans son désir partagé de rendre service. La joie qu'ils éprouvent à le voir se redresser, les regarder en face, prendre des initiatives, trouver sa place parmi eux, se renouvelle chaque jour depuis son arrivée. Pas un de leurs enfants n'exprime de jalousie.

Rosalie s'abrite derrière l'autorité de Victor que sa fratrie accepte mieux que la sienne. Victor l'a même imposée, une fois, obligeant ses frères et sa sœur à la respecter et à s'excuser. Rosalie, rouge de confusion, baissait les yeux comme si c'était elle la coupable. Aucun triomphe dans ses yeux, seulement de la gêne qui l'a empêchée de goûter la place que Victor lui redonnait. Mais ce geste lui réchauffe le cœur quand elle y pense.

Armand s'attache à Victor et le considère, de plus en plus, comme un de ses propres enfants. Il se questionne parfois devant ses réactions sans pouvoir imaginer de quoi il s'agit. Cet enfant manifeste sa joie, participe avec entrain puis, parfois, se ferme comme une huître ou semble absent. Son père, Albin, reste un mystère. Depuis qu'ils se sont retrouvés à Paris, l'hiver dernier, après toutes ces années, il ne s'est jamais intéressé réellement à leur vie. Sa fonction à la Chambre, ses retards et ses appels téléphoniques semblent le rendre plus important à ses propres yeux qu'à ceux de ses amis qui occupent aussi des responsabilités. Cela les conduit à penser qu'Albin ne réussit pas autant qu'il le raconte, mais personne n'aurait l'idée de remettre en question ses rôles de père et de mari.

Pourtant ces dernières semaines ont insinué le doute dans l'esprit d'Armand d'abord, puis celui de son épouse.

— Qu'en penses-tu Madeleine ? Même si Victor est plus à l'aise avec nous, quelque chose l'entrave. Je n'arrive pas à trouver de quoi il s'agit.

Armand vient d'interrompre le silence. Comme tous les soirs, le couple se retrouve dans le salon, face à la mer. Il fait doux, les fenêtres restent encore ouvertes. Le bruit régulier des vagues à marée haute s'invite et accompagne la réflexion. Les yeux fixés sur la plage observant la nuit qui s'avance, chacun dans ses pensées ils savourent le calme. Madeleine ne répond pas tout de suite, elle aspire d'abord une bouffée de sa cigarette.

— Je suis moins inquiète pour Victor que pour Mélanie mais comme toi, je m'interroge.

La réaction de Madeleine soulage Armand qui s'enfonce dans son fauteuil en poussant un soupir.

— Que faire ?

— Rien de plus pour le moment, Victor s'ouvre, tout se passe bien avec les enfants.

— Méli ne t'a parlé de rien ?

— Pas vraiment… Elle me remercie de ce que nous faisons pour Victor, je la sens qui souffre et en même temps je la trouve différente d'avant les vacances.

Armand se redresse puis saisit la main de Madeleine.

— Sa confiance nous honore ! Peut-être est-ce mieux de ne pas savoir…

Madeleine hoche la tête.

— Oui, ne soyons pas curieux Armand. Je sais que tu apprécies Méli et que vous êtes de vieux amis. Fais-lui confiance, elle a su saisir notre proposition et cela nous réussit à tous.

— Mais restons attentifs. Je ne comprends pas Albin… Pas un signe de vie de sa part depuis le déjeuner chez eux. Incompréhensible. Il se moque de nous !

— On n'y peut rien Armand.

Elle se lève et vient s'asseoir sur ses genoux, très tendre.

— Profitons de notre été au bord de la mer. Je suis si contente de ces vacances en famille. Cela fait bien longtemps que je ne me suis pas sentie aussi bien… avec toi, ajoute-t-elle en baissant les yeux.

— Savourons…

Il la colle à lui davantage. Ils restent serrés un moment, s'embrassent, se regardent émus.

Madeleine se relève, fait quelques pas vers la fenêtre, s'étire avant de se rasseoir et de reprendre.

— Restons vigilants. Tant que Méli ne nous demande rien de plus, n'allons pas accabler Albin. On ne sait pas tout.

— Je le connais depuis longtemps, je n'ai jamais eu d'atomes crochus avec lui, mais là franchement je trouve qu'il dépasse les bornes !

— Je te comprends. Pour Mélanie et son fils aîné, restons patients. Victor semble heureux à la maison, la photographie le passionne. Quelle bonne idée tu as eue de ressortir ton appareil photo !

— N'oublie pas, c'est grâce à Rosalie !

— Tout à fait.

— Ils s'entendent bien tous les deux.

— Oui.

Comme souvent Madeleine s'étend rarement sur Rosalie ce qui désole Armand. Ne voulant pas troubler leur harmonie du soir, il n'insiste pas et change de sujet.

— Vous devenez proches, Mélanie et toi, depuis que vous passez vos après-midis sur la plage.

— Méli lit beaucoup et grâce à elle je m'y remets…

— J'ai vu. Tu lis Françoise Sagan ? Alors ?

— Je ne l'ai pas terminé. Je préfère t'en parler plus tard.

— Je me souviens de Méli toujours un livre à portée de main.

Replongé dans ses propres souvenirs de vacances, Armand apprécie de partager avec Madeleine un peu de sa vie d'enfant.

— Tu sais, Méli dévorait les livres. Fille unique, ses parents l'emmenaient partout. Ils étaient proches d'une sculptrice venue s'établir à Saint-Cast dans les années trente. Il me semble que cette artiste donnait des cours de dessin à sa mère ou sa tante. Ou à Mélanie je ne sais plus. Mais elle nous en parlait avec passion et semblait frustrée de notre manque d'intérêt…

Armand recherche le nom de l'artiste, ne le trouve pas, abandonne. La nuit est tombée, il aime entendre la mer sans la voir. Amoureux, il regarde sa femme.

— Elle te sort des enfants et de la maison à orchestrer.

— Même si je suis très aidée, précise Madeleine en lui envoyant un baiser de la main. Oui, Méli me donne de l'air en m'ouvrant à de nouveaux modes de pensée. Je ne peux pas te dire mieux…

— Cela te réussit. Je te sens plus heureuse et moi, rien ne peut plus me séduire que… !

— … Je me sens bien ! Je sais mais j'ai mis du temps à le comprendre…

— Oui… Profitons de ces derniers jours de vacances ensemble. Il est temps d'aller se coucher petite madame !

Armand se penche vers Madeleine, l'emporte dans ses bras en tournant sur lui-même, ils rient comme au début de leur histoire.

CHAPITRE 11 : RETOUR

Dans deux jours, les vacances d'Albin se terminent, il rentrera à Paris seul. Comme d'habitude, Mélanie demeurera à *Matignon* avec les enfants jusqu'à la semaine d'avant la rentrée. Armand, lors de ce fameux déjeuner qui a tout changé, a proposé à Albin de faire voiture commune pour partager le volant lors des aller-retour de nuit durant les week-ends. Même si sur le moment il a accepté, Albin charge Mélanie de prévenir Armand qu'il s'est organisé différemment. Il lui annonce aussi qu'il voyagera avec la DS alors qu'il aurait pu prendre le train puisque l'Assemblée lui attribue un chauffeur à Paris. Ce dernier l'a même conduit en Bretagne plusieurs fois.

Tout en espérant le contraire, Mélanie s'attendait à un coup tordu de la part d'Albin comme une réprimande pour ses initiatives estivales. Elle ne bronche pas car elle se débrouillera à bicyclette pour les courses et la plage. Elle ne va pas appeler le garagiste pour utiliser la 2CV alors que les vacances se terminent et qu'il faudra la remettre sur cales avant de partir ! Les garçons pédalent très bien, cinq kilomètres c'est vite fait. Elle a utilisé la DS à sa guise cet été contrairement à l'année dernière. Dorénavant il reprend les rênes.

À première vue cela peut paraître une vengeance – même si l'idée ne déplait pas à Albin – mais la vraie raison n'est pas là.

Albin n'a pas quitté *Matignon* de toutes ses vacances, excepté pour voir le jardinier et se rendre, les dimanches et le quinze août au matin, à la messe de sept heures à l'église de *Matignon*, horaire auquel il est certain de ne pas croiser de familles connues. La messe fait partie des obligations sociales qu'il respecte même en vacances.

Depuis l'invitation à déjeuner, il n'a pas revu les parents de Rosalie qui pourtant hébergent son fils.

Il n'en a pas envie. Victor est rayé de sa vie. Il ne tient pas à aborder le sujet. Et puis il ne sait pas ce que Mélanie a donné comme explication au sujet de ses absences à la plage ni à l'installation définitive de Victor chez eux. Son fils l'humilie, il le renie. Et puis Mélanie a décidé de passer les après-midis à la plage sans lui. C'est elle qui l'a empêché de rencontrer Madeleine et Armand. Chacun se raconte l'histoire qui l'arrange !

C'est pourquoi il se sent incapable de se retrouver enfermé durant des heures dans la même voiture qu'Armand qui voudra lui tirer les vers du nez. Il ne souhaite pas non plus que Mélanie le conduise à la gare de Lamballe, elle risquerait de vouloir aborder le sujet Victor durant le trajet. Même s'il déteste conduire, s'échapper avec la DS devient pour lui une question de survie.

Retrouver Paris, changer d'air, quitter sa famille. Cette perspective le rend plus léger. Pour son dernier jour, Mélanie et les enfants restent la journée à *Matignon*. Albin s'enferme au salon pendant qu'ils jouent dans le jardin. Il refuse de jardiner en leur présence. Avant le dîner il fait une partie de *Mille Bornes* avec les deux garçons. Son obsession, éviter de se trouver seul avec Mélanie, elle lui parlerait de son fils.

Il a préparé une enveloppe d'argent liquide pour les dépenses courantes, mais cette fois-ci, Mélanie la trouvera posée sur la table de la cuisine. Elle s'est retenue de lui demander quoi que ce soit avant son départ. Les notes du boulanger, de l'épicier et du boucher sont payées chaque mois. Elle a besoin d'espèces pour le marché. Elle dépend d'Albin, comme toutes les femmes mariées. Il gère son héritage comme le stipule la loi. Il décide de tout ce qui la concerne. Elle n'a pas le droit d'avoir un carnet de chèques ni de travailler sans l'accord de son mari. Le droit de vote des femmes date d'une quinzaine d'années. En abandonnant son travail, en se réfugiant dans le silence, elle a perdu le peu d'autonomie dont elle disposait.

La tension est perceptible. Les non-dits de chacun s'invitent et sèment un malaise. Des hésitations, des bouches ouvertes qui se ferment aussitôt. Les garçons embrassent leur père qui n'embrasse pas leur mère, sa femme. Il ne cherche plus à sauver les apparences. Il veut fuir cette famille, cette femme… À la rentrée fin septembre, rien ne sera plus comme avant, il le sait et il veut l'oublier.

CHAPITRE 12 : DEMANDE

Le samedi, veille du retour d'Albin à Paris, Rosalie et Victor sont autorisés à prendre des photos sur la plage. L'appareil craint les grains de sable, les enfants l'ont bien compris. Ils respectent scrupuleusement les règles formulées par Armand, si fiers de sa confiance ! Victor prend la première photo de sa mère, à son insu, alors qu'elle bavarde avec Madeleine, assises toutes deux dans leurs petits fauteuils en toile posés au ras du sable. Elle ne l'a pas vu faire, prise par sa conversation et la surveillance des plus jeunes. Armand regarde de loin les deux grands avec émotion ; il n'a conçu aucun des deux et pourtant il les aime comme s'ils étaient les siens.

— Madeleine j'ai besoin de ton aide, je dois réfléchir à l'avenir de Victor, à son retour à la maison.

— Ne te presse pas, il est bien ici.

Madeleine occupée à retrouver les enfants sur la plage, ne perçoit pas l'inquiétude dans la voix de Mélanie.

— Mais il ne peut pas vivre toute sa vie chez vous !

— Il ne s'agit que des vacances !

Devant le silence de son amie, elle tourne la tête vers elle et découvre la tension sur le visage de Méli.

— Oh excuse-moi, tu es inquiète. Il y a un problème avec Albin… Ne me dis rien… Je pense qu'il est préférable d'en parler en tête à tête et pas sur la plage.

— Oui mais…

Mélanie s'interrompt et Madeleine s'interroge à son tour.

— Victor t'a demandé de rentrer chez vous ?

— Absolument pas. C'est moi, je vous suis reconnaissante et gênée.

Mélanie baisse la tête. Alors Madeleine tente de la rassurer.

— Tu n'as pas à l'être. J'ai compris qu'il se passait quelque chose de grave, je ne veux pas le savoir ainsi je suis plus libre avec Victor et les enfants.

— Les vacances vont se terminer, cela m'inquiète.

— Méli, je viens en parler un soir avec toi, après le départ d'Armand, quand les enfants seront couchés. J'aurai la voiture que mon beau-père a laissée dans le garage. Marthe et sa fille dorment au dernier étage, les enfants ne resteront pas seuls. Nous serons tranquilles pour papoter.

— Je veux bien. Merci, dit-elle tout bas.

Pour masquer ses yeux embués d'émotion, elle se lève pour marcher au bord de l'eau. Impressionnée par ce couple qui ne pose aucune question et accueille son fils sous son toit, elle a la sensation d'avoir retrouvé une famille elle qui n'en a plus.

Albin restant enfermé à *Matignon*, Mélanie a préféré ne pas donner d'explication. Comme cela presque tous les après-midi elle a pu l'oublier mais en plus elle n'a pas menti.

Très gênée, elle parle à Armand, quarante-huit heures avant le retour à Paris des deux hommes :

— Albin m'a dit de te dire qu'il…, Armand l'interrompt

— … ne viendra pas en voiture avec moi. Je m'en doutais et je me suis organisé. C'est pas un problème Méli, puis avec un grand sourire et un clin d'œil, on a bien fait sans lui toutes les vacances !

CHAPITRE 13 : TALENT

Dans la semaine qui suit le départ d'Albin et d'Armand, Victor demande à sa mère :

— Tu peux venir dans le labo, je voudrais te montrer quelque chose.

— J'arrive, dit-elle regardant Madeleine et les enfants qui se rapprochent les uns des autres avec des airs de conspirateurs. Quel est leur secret ?

En entrant, Mélanie remarque que la 4CV du grand-père a retrouvé sa place habituelle, elle n'y avait pas prêté attention lors de ses précédentes visites. À chaque début d'été, Armand la récupère chez le garagiste qui la garde l'hiver. Victor se dirige au fond vers une porte, tourne la poignée, l'ouvre et soulève un lourd rideau noir très épais. Ils entrent dans une pièce étroite, très sombre, avec un évier, une corde qui la traverse sur laquelle sont accrochés des tirages noir et blanc qui finissent de sécher. Victor allume une petite lampe posée sur le côté et le regard de Mélanie est attiré par plusieurs portraits de Rosalie, deux ou trois d'Armand et… elle se voit sur ce cliché noir et blanc au carré bordé de blanc.

— Rosalie c'est pour m'entraîner, explique Victor. Elle ne me voit plus, ne fait pas attention à moi. J'apprends à attendre le bon moment pour attraper son expression. J'ai du mal, mais plus j'en ferai, m'a dit oncle Armand, plus j'y arriverai.

— Tu m'impressionnes, tu es arrivé à ce résultat en si peu de temps !

— Avec oncle Armand, on en fait tous les jours. Le matin je suis au labo avec lui. Après la plage on recommence jusqu'au dîner.

Parfois on change d'heure pour la lumière. Il m'apprend plein de choses. Dis-moi comment tu te trouves ?

— D'abord, laisse-moi le temps d'accepter et de réaliser que c'est toi qui m'a photographiée… Je ne me suis pas encore vraiment regardée.

— Tu ne te plais pas ?

— Laisse-moi un peu de temps, pour l'instant je suis impressionnée par mon fils !

Mélanie prend le temps de se regarder.

— Alors ?

Victor guette, impatient, la réaction de sa mère.

— Que d'émotions ! Mon fils me prend en photo sans que je m'en aperçoive. Je me trouve naturelle.

— Je suis content.

Victor porte une fierté dans les yeux qu'elle ne lui a jamais vue.

— Je ne pensais pas donner cette image tranquille, surtout pour le moment.

Mélanie ne triche pas avec son fils c'est inutile.

— Je te vois comme cela depuis quelque temps.

— Je pensais donner l'impression d'être aspirée de l'intérieur. Or ce n'est pas ce que je perçois sur cette photo. Je semble…

— Vivante ! Tu es vivante !

Victor n'a pu s'empêcher de l'interrompre tout à sa joie d'avoir compris quelque chose de sa mère en cadrant puis développant la photo.

— Comment ?

— Tu étais morte avant !

Le visage de Mélanie s'assombrit, un voile traverse son regard.

— Je n'étais pas morte. Et… je te laissais mourir !

— Maman !

— C'est la vérité et elle est même encore plus dure.

— Arrête Maman, chuchote Victor.

— Si, la vérité est importante. J'ai laissé ton père te tuer.

Victor baisse la tête, l'atmosphère légère est devenue pesante. Après un silence, Mélanie reprend la gorge un peu serrée :

— Mais tu n'es pas mort… Tu es bien vivant, même très beau mon fils tout doré ! Tu deviens photographe, je n'en reviens pas !

Quand Victor se redresse, ses yeux sont remplis de tendresse.

— Grâce à toi, qui a su dire oui, dit-il.

— Non à toi, toi seul mon fils.

Elle le serre contre elle et il se laisse faire.

— Et tante Madeleine… et oncle Armand pour la photo.

— À nous tous ! Mon fils devient un homme !

— Mais non un œil !

La légèreté est de retour, Victor s'écarte, la taquine et Mélanie sourit.

— Un œil d'homme ! Tu me fais un beau cadeau. Je suis fière de toi. Treize ans bientôt !

— Dans quatre mois.

Victor se rembrunit un bref instant, son avenir l'inquiète. Prise par ses pensées sa mère ne le perçoit pas mais cela ne l'affecte pas. Dans cette pièce minuscule, à peine éclairée, il retrouve son amour intact et il s'en abreuve.

Le mot « vivante » résonne dans les oreilles de Mélanie. Elle a besoin de cette preuve saisie sur le vif par Victor pour les jours où elle aura envie de renoncer.

— Est-ce que je pourrais avoir cette photo ?

— Pas aujourd'hui. Je voudrais montrer le tirage à oncle Armand le week-end prochain et lui poser quelques questions.

— Quand tu voudras, je l'ai dans mon cœur quoi qu'il arrive.

Chouette, c'est exactement ce que je veux ! s'exclame Victor, que mes clichés s'impriment dans les cœurs.

— Comment vas-tu ? Comment te sens-tu ici ? reprend plus doucement Mélanie.

— Bien Maman. Bien ! Oncle Armand est formidable. Il me fait confiance ! Il m'a donné la responsabilité du labo pendant son absence avec le droit d'utiliser son appareil photo. Je n'en reviens pas et je suis fier. J'ai tout écrit sur un cahier, et avec Rosalie on se débrouille seuls.

— Comme je suis contente pour toi, c'est formidable... Armand doit être comblé de transmettre sa passion à quelqu'un de plus jeune aussi passionné que lui au même âge !

— Je sais pas mais moi j'aime apprendre la photo avec Armand.

Si Victor apprécie de repérer des lieux propices pour y photographier Rosalie, son modèle principal, il aime aussi rester enfermé dans le labo à jouer à l'apprenti sorcier. Ce n'est pas tant les techniques de prise de vue ou de développement qui lui plaisent mais la solitude et l'autonomie dont il jouit dehors comme dedans. La confiance d'oncle Armand le stimule. Victor découvre que plus il est concentré lorsqu'il cadre son sujet, plus il sent son modèle et perçoit ses secrets. Pratiquer, pratiquer sans cesse pour progresser. Le monde lui paraît différent depuis qu'il le regarde à travers un objectif. D'un autre côté, le travail au labo le régénère, il se sent protégé dans cet espace clos. Il se révèle adroit et minutieux, coinçant de mieux en mieux le négatif entre les plaques de verre sous la lampe de l'agrandisseur et dans les réglages. Il progresse dans l'évaluation de l'intensité lumineuse et du temps d'exposition. Depuis peu, il s'enferme à clé pour ne pas être dérangé dans le noir par un intrus qui laisserait pénétrer le jour et anéantirait son travail. Dans sa bulle, au calme, sous la lumière rouge il teste, tâtonne et vit à chaque fois la surprise de la découverte. Confiné dans cette pièce, il se croit dans « son propre labo » et s'y refait comme dans une matrice.

De son côté, Rosalie préfère crayonner sur son cahier. L'excitation de la découverte passée, la photo l'a ennuyée par son manque de couleur et de magie. Un jour qu'elle attend Victor, prise par ses manipulations sous sa lumière rouge, elle songe devant les caisses de bois gardiennes de son monde féérique secret. À l'intérieur les couleurs poussent les planches car elles étouffent et les caisses apparaissent bombées, déformées mais vivantes. Elle tente de dessiner ce qu'elle vient d'entrevoir. Adossée de l'autre côté de la porte du labo, n'ayant à sa disposition que le cahier et le crayon de bois remis par son père pour noter les leçons de photographie, elle ne dispose d'aucune couleur, excepté ce crayon noir. Étonnée du résultat elle découvre que le dessin peut se modifier encore et encore, voire se transformer en tout autre chose que le projet initial. Imprégnée du plaisir à tenir le crayon, à appuyer plus ou moins fort sur la mine, à repasser sur un trait, à oser l'arrondi ou l'angle à ajouter une ombre ou à l'atténuer avec le doigt elle entrevoit une histoire sans fin, contrairement à ce qu'elle connaît de la photo qui une fois fixée n'évolue plus.

Les jours suivants, elle abandonne Victor après les prises de vues et le laisse seul effectuer les développements. À l'extérieur du labo elle s'installe, son cahier sur les genoux, dans un coin du garage pour continuer à découvrir comment jouer des contrastes avec le blanc du papier et faire évoluer les formes. Plongée dans cette nouvelle aventure, l'émotion est trop forte pour qu'elle puisse en parler alors Rosalie garde son secret.

Son portrait dans les mains, Mélanie demande à Victor quelques explications techniques qu'il lui donne bien volontiers. Enfin, Mélanie pose à Victor la question qui lui tient à cœur :

— On ne te manque pas trop ?

— Vous venez tous les jours ! coupe Victor qui est déjà passé à autre chose.

Heureusement, Rosalie déboule dans leur conversation, impatiente de voir la réaction de la mère de Victor.

— Alors ! Comment trouves tu, tante Mélanie ?

Surprise par cette irruption, Mélanie ne réagit pas tout de suite.

— Mon fils m'épate !

Rosalie se plante devant le portrait de Mélanie.

— Je suis sûre que cette photo est la plus importante pour lui !

— Non Rosalie, tes photos aussi le sont, tu me laisses t'observer longtemps, intervient Victor.

— Tante Méli, je ne vois pas son appareil quand il m'observe car je pense à autre chose ou parfois je lui parle et il me dit : « tais-toi ! »… Regarde celle-là, je suis vexée, il a réussi à avoir ma tête de vexée !

— Et toi, Rosalie, cela te plaît la photo ?

Silence. Rosalie déteste être au centre de la conversation.

— Tu peux le dire à Maman, elle ne le dira pas à ton père.

Rosalie regarde ses pieds, se tortille avant de répondre.

— Pas trop ! Sauf que mon père et Victor sont tellement contents mais… ce n'est pas mon truc.

— Ça serait quoi ton truc ?

Silence. Rosalie semble au supplice.

— Je sais, Maman, mais elle n'ose pas le dire : ce serait dessiner.

— Victor comment tu peux savoir ça ? réagit Rosalie piquée au vif.

— Je te vois tous les jours dessiner sur ton cahier de photos,… et puis… toi… tu as bien dit à tes parents pour moi et la photo.

— Et alors, c'est pas pareil, le ton de Rosalie devient agressif.

Elle est blessée mais pourquoi se demande Mélanie.

— Rosalie qu'est-ce qui t'empêche de t'exprimer ? insiste-t-elle d'une voix douce.

Silence.

Alors Mélanie n'insiste pas.

— Prends ton temps pour savoir ce que tu veux. Le jour où tu le sauras tu oseras, tu verras !

Rosalie respire et sort du garage en courant.

Cette scène l'a bouleversée. Elle n'ose révéler ce qui lui tient réellement à cœur comme si elle n'en avait ni le droit ni la place. Rosalie cherche des informations. Il serait plus juste d'écrire qu'elle les traque pour comprendre sa différence et trouver des réponses à ses questions existentielles. Pourquoi se sent-elle mal en présence de sa mère qui ne la prend jamais dans ses bras ? Pourquoi éprouve-t-elle souvent la sensation d'être étrangère à cette famille ? Impossible de parler de ses doutes à quiconque même à Victor qui lui demanderait : « Mais des doutes sur quoi ? ». Alors, elle se tait sur le plus important en donnant le change en parlant, en riant ce qui la coupe d'elle-même. Sa sœur ou ses frères la traitent de « pipelette » ou de « susceptible ». Ils se trompent. À force de chercher et d'observer, elle a développé une ultra sensibilité qui la rend vulnérable et épidermique parfois, comme à l'instant avec Victor et sa mère qu'elle aime tant.

Mélanie, touchée par Rosalie depuis l'incident avec ses frères et sa sœur sur la plage, porte davantage son attention sur la fillette. Est-ce parce qu'elle n'a pas de fille ? Une façon de remercier les parents de Victor ? De remettre un équilibre ? Se reconnaît-elle en Rosalie même si elle n'est pas une aînée ? Souhaite-t-elle aider un enfant à oser devenir lui-même pour réparer, se réparer ? Tant de raisons inconnues ou inconscientes. Comme toujours, chacun ne parle que de soi, même si cela semble s'adresser aux autres !

CHAPITRE 14 : PENSION

— Baptiste et Vincent, écoutez-moi bien… c'est important. Tante Madeleine vient me voir après le dîner afin que nous parlions sans être dérangées.

Les enfants viennent d'enfiler leurs pyjamas. Mélanie choisit les vêtements du lendemain.

— De quoi allez-vous parler ? demande Baptiste.

— De Victor ? ajoute Vincent.

— De l'organisation de la rentrée, répond leur mère.

— Victor va revenir quand même !

— Je ne peux pas vous répondre car je ne le sais pas et je ne lui ai pas encore demandé. J'en parlerai avec lui demain.

— Moi, je ne veux pas que Victor nous abandonne, gémit Vincent au bord des larmes.

— C'est à cause de Papa, qu'il est parti ? tente Baptiste.

— Il a été invité par tante Madeleine et depuis qu'il est chez eux, il est heureux.

— Oh oui, il rêvait tellement de faire de la photo !

Mélanie soupire.

— Maman nous on t'aime et Victor aussi, s'écrient-ils en chœur.

Je le sais mes trésors et moi aussi je vous aime très fort.

Ils se serrent tous les trois dans les bras, un bref instant.

Mélanie s'assoit sur le bord du lit de Vincent.

— Vous voyez, j'ai décidé de vous considérer comme des grands et je vous dis les choses. Ce soir, on ne fera pas de jeu ensemble. Vous embrasserez tante Madeleine à son arrivée et monterez dans vos chambres. Vous avez le droit de lire jusqu'à dix heures moins le quart, c'est l'heure à laquelle vous vous couchez après nos parties de *Barbu*.

— Compris, répondent-ils dans un bel ensemble.

— Tu nous diras ce que vous avez décidé.

— Tante Madeleine vient juste m'aider à réfléchir. J'en parlerai avec Victor pour voir ce qu'il souhaite. Si vous avez des idées, vous pouvez aussi me les donner, je les prends toutes.

Mélanie choisit de ne rien cacher à ses fils. Même s'ils ne posent pas de question, ils doivent souffrir aussi de la situation. Elle ne sait pas ce qu'ils ont compris ou ce qu'ils savent de l'attitude de leur père vis-à-vis de leur aîné. Le malheur rôde dans leur famille, personne ne peut le nier. C'est pourquoi elle associe ses enfants aux réflexions qui les concernent même si les parents ne font pas cela habituellement. Mais pour Mélanie férue de pédagogie et vu la situation familiale, inventer un futur qui les concerne ne peut se penser sans eux.

Tous les trois dînent sur la table de la cuisine pour que ce soit plus rapide. Les garçons lui ont proposé de jouer à la *Bataille* jusqu'à l'arrivée de tante Madeleine. Ce qu'elle a accepté. La grille est fermée mais non verrouillée, Madeleine pourra l'ouvrir et la refermer facilement. Au moment d'une bataille d'as entre Mélanie et Baptiste, un bruit du moteur et de roues sur les graviers les interrompt.

Vincent s'écrie :

— Continuez je vais accueillir tante Madeleine, on ne pourra pas dormir si on ne sait pas qui a gagné de vous deux.

Baptiste remporte la double bataille des as puis des dames. En retournant les cartes, ils découvrent, un troisième as et deux rois. Il est fier comme tout. Mélanie félicite le vainqueur. Vincent introduit tante Madeleine au salon. Tout excités, les joueurs lui racontent la double bataille. Les enfants embrassent les deux femmes et montent se coucher dans leurs chambres comme promis. Leurs rires résonnent dans l'escalier et le couloir du premier étage.

Dans le hall d'entrée, vêtues chacune d'un pantalon corsaire associé à un pull marinière car les soirées rafraichissent, Madeleine et Mélanie se regardent.

— Qu'est-ce qu'ils sont obéissants !

— C'est le propre des enfants qui mûrissent plus vite à cause des difficultés de la vie. Que veux-tu boire ? Une petite liqueur ? Une tisane ? J'ai cueilli de la verveine tout à l'heure.

— Une verveine avec plaisir.

— Viens avec moi.

Les deux femmes sortent du salon, traversent l'entrée, entrent dans la salle à manger pour arriver dans une pièce dans laquelle trône une belle cuisinière à bois qui n'est plus utilisée.

— Quel dommage s'écrit Madeleine, elle est superbe.

— Quand maman et ma tante vivaient encore, la cuisinière et son mari habitaient à côté. Lui coupait le bois, sa femme entretenait le feu. Maintenant c'est impossible, je ne pourrais pas toute seule. Vive les bouteilles de gaz.

Mélanie sort les tasses et sous-tasses du buffet de la salle à manger, les pose sur un plateau.

— Tu prends du sucre ?

— Oui, toujours dans ma tisane du soir.

— Tu ne préfères pas du miel ?

— Si tu en as, c'est meilleur !

Le plateau dans les mains avec tasses, petites cuillères, pot de miel sur une soucoupe et tisanière, Mélanie suit Madeleine qui ouvre les portes. Toutes deux retournent au salon. Elle dépose le plateau sur une petite table, la déplace entre les deux fauteuils club en cuir marron – seuls nouveaux meubles ajoutés avec Albin après la succession de sa mère et sa tante – situés de chaque côté de la cheminée. Puis accroupie, allumant le feu qu'elle a préparé, Mélanie se recentre, avant d'entamer la conversation. Madeleine sert la tisane dans les tasses, ajoute le miel. Confortablement installées, les deux femmes regardent silencieuses le feu s'animer. L'odeur du feu de bois emplit le salon et toute la maison.

Dans un grand soupir Mélanie se lance :

— Merci d'être venue ma chère Madeleine, merci pour tout ce que tu fais pour Victor. Je devrais dire tout ce que vous faites Armand et toi pour Victor. Cela me touche beaucoup.

— Méli c'est normal.

— Non tout le monde n'agirait pas comme vous... et surtout n'aurait pas votre discrétion et...

Mélanie fond en larmes. Elle essaie de rester silencieuse pour ne pas alerter les enfants au-dessus. Madeleine se lève, s'assied sur l'accoudoir, l'entoure d'un bras et lui caresse la tête. Sortant un mouchoir de sa poche, elle essuie les larmes et tamponne les yeux, les joues de son amie. Les pleurs de Mélanie reprennent de plus belle. Le contact physique avec Madeleine, sa douceur, ses bras réveillent le manque de tendresse, sa solitude. Les crépitements du feu, la chaleur des flammes, le bercement silencieux de Madeleine apaisent Mélanie. Personne n'a pris soin d'elle depuis si longtemps. Un nouveau soupir de Mélanie clôt ce long silence, elle se redresse. Madeleine l'embrasse délicatement sur le front, lui tend le mouchoir et rejoint son fauteuil.

— Je te le donne. Regarde comme cette batiste est fine. Admire les broderies de ces fleurs délicates...

Mélanie prend le mouchoir et jette un œil par politesse avant de le glisser dans la manche de son pull. Elle mélange le miel tombé au fond de la tasse, boit quelques gorgées de tisane, regarde Madeleine en lui faisant signe de continuer à parler.

— Ce que tu vis semble difficile... Ça fait du bien de lâcher... Je suis venue pour ça.

— Merci... Jamais je n'aurais imaginé vivre cette vie-là, avoue Mélanie avec un reste de sanglot dans la voix.

— Tu n'as rien à me raconter, sauf si tu le souhaites et que cela te fait du bien. J'ai bien compris que tu en baves. Sache que tu n'es pas seule. Je suis là et tu peux aussi compter sur Armand.

— Je ne pourrai pas, ce serait trop douloureux de dire ces mots à haute voix, répond Mélanie dans un souffle.

— Comme je ne te le demande pas, tout va bien, répond Madeleine avec calme.

Mélanie se lève et allume une lampe posée sur le piano droit Pleyel qui appartenait à sa tante.

— C'est mieux ainsi, tu ne trouves pas.

Avant de se rasseoir, elle replace une buche en équilibre avec la pince, soupire et aborde enfin le sujet qui la préoccupe.

— Je ne pense pas que Victor souhaite revenir à la maison et ce n'est pas souhaitable pour lui actuellement.

— Il n'a pas évoqué le sujet une seule fois devant nous. Peut-être avec Rosalie, mais pour le moment la photo semble être son unique préoccupation.

Toujours dans ses pensées, Mélanie ne l'entend pas vraiment et poursuit.

— J'ai pensé à une pension mais j'ai peur que ce soit trop difficile pour lui. Tu le sais, les bons pères ne sont pas toujours très doux avec leurs élèves. Et les pensionnaires entre eux ne sont pas des tendres.

Madeleine tente de la rassurer.

— Une de mes cousines a mis son fils en pension à Vannes, chez les Jésuites. Elle en est très contente et, d'après elle, son fils aussi. Ils sont, paraît-il, très à la pointe en pédagogie.

— Vannes ! Oh non ! C'est si loin de Paris, je ne le verrai pas les week-ends !

Madeleine comprend que son amie tourne en boucle avec ce sujet depuis un moment et qu'il faut prendre les choses autrement.

— Victor part en pension à Vannes ? C'est décidé ?

Mélanie ne l'écoute pas.

— Et pendant les vacances comment vais-je faire ?

Pour arrêter cette logorrhée angoissée Madeleine frappe un grand coup.

— Tu ne m'écoutes pas Méli, tu tournes en boucle… Je ne te reconnais plus. Reprenons les choses point par point et restons calmes. Même si je ne comprends pas grand-chose à ce qui se passe chez vous, je peux t'assurer que Victor passe un été agréable. Il me semble que ses frères et toi aussi.

Mélanie reste silencieuse

— Je continue ça te va ?

Elle hoche la tête.

— Si je comprends bien, tu veux protéger Victor, c'est cela ?

— Oui.

— J'imagine que vous n'avez pas réussi à en parler ensemble, Albin et toi, et que la situation est bloquée.

Mélanie se redresse dans son fauteuil, plus attentive.

— On peut dire cela comme ça.

— Tu te dis que Victor ne peut pas revenir habiter chez vous pour le moment, c'est cela ?

— Oui. J'ai espéré tout l'été qu'Albin vienne voir son fils chez vous. Il n'est pas venu. Maintenant je dois trouver une solution pour la rentrée de Victor.

— Mais qu'en pense Albin ?

— On ne se parle pas.

— Ah…

— Mais si Victor est d'accord pour aller en pension, qu'on en trouve une, tu crois qu'il acceptera ?

— Je me dis qu'il refusera d'en parler avec moi car il se sent humilié par Victor.

— Mais c'est absurde ! Un enfant n'humilie pas son père, surtout à cet âge.

— Albin est comme ça.

— Et toi ?

— Je ne me sens pas humiliée mais coupable ce qui n'est pas mieux. Connaissant Albin, je suis certaine qu'il l'a renié.

— Renié ? Mais c'est horrible ce que tu dis là, Méli. Un père ne renie pas son enfant sur un coup de tête.

— Je sais, c'est douloureux pour moi de l'affirmer mais je pense être dans le vrai quand je dis cela.

— Pourquoi le renierait-il ?

— Parce que, à cause de Victor, vous découvrez que notre famille est imparfaite. Cela ne colle pas avec l'histoire de la réussite qu'il raconte.

— Mais ce n'est pas à cause de Victor ?

— Bien sûr, c'est à cause d'Albin et moi.

Madeleine semble songeuse.

— En observant Victor à la maison et en repensant à notre déjeuner chez toi, je me demande s'il n'a pas peur de son père.

— Tu as tout compris et il a raison d'avoir peur.

— C'est horrible d'avoir peur de son père à ce point-là ! Pour lui comme pour toi !

— Je sais.

Elles poursuivent un moment leur échange sur les possibilités de trouver à la fin de l'été un établissement qui accueille des pensionnaires pour la rentrée début octobre.

— Tu envisages de te séparer d'Albin ?

— Pas pour le moment même si depuis cet été nous faisons chambre à part. Couper Baptiste et Vincent de leur père me semble difficile.

— Tu es dans une situation impossible, ma pauvre Méli !

— Non je ne suis pas pauvre !

— Tu as raison, excuse-moi.

Madeleine garde le silence puis se sert de tisane.

— Je suis désolée de ma maladresse. Je te ressers ? propose-t-elle la tisanière à la main.

Mélanie lui envoie un baiser de la main et secoue la tête.

— Non merci…

Madeleine approche la tasse de ses lèvres, absorbe une gorgée. Mélanie soupire en haussant les épaules.

— Grâce à vous, Victor se répare et regarde comme il est beau ! Tu as vu, il n'a plus le dos arrondi et les épaules rentrées.

— Oui, il se redresse. Tu peux être fière de ton fils, il est magnifique. Il va en faire tourner des têtes plus tard avec ta blondeur dont il a hérité.

Pour le moment Mélanie se reproche son manque de pertinence.

— Ma plus grande erreur fut d'accepter d'arrêter de travailler à la naissance de Victor quand Albin me l'a demandé. Je vais rechercher un poste de professeur d'histoire et géographie comme avant. Je dois retrouver une autonomie financière minimale.

— Mais tu le sais bien, Albin devra te donner son accord.

— Je sais et c'est pour cela que je m'en veux d'autant plus car c'est moi qui ai accepté de revenir en arrière en arrêtant de travailler alors que je m'étais promis de travailler même mariée avec des enfants.

— Et sans autonomie financière pas de divorce possible...

— Tu as tout compris...

— Attends, je suis sûre qu'on peut trouver des idées et Armand fera tout ce qu'il peut pour t'aider tu le sais.

— Vous le faites déjà tous les deux.

Mélanie se lève pour remettre une bûche dans la cheminée et arranger le feu. Quand elle se rassoit dans son fauteuil, elle aborde un autre sujet :

— Est-ce que tu as lu Simone de Beauvoir ?

— Mais il paraît que c'est un torchon, que c'est une provocatrice dévergondée.

— Lis d'abord et fais-toi ta propre idée.

— Tu me surprends.

— Je pense que je n'affronterais pas ma réalité d'aujourd'hui sans mes lectures même si je m'en veux de ne pas avoir compris plus vite que je n'étais plus fidèle à ma promesse.

— Quelle promesse ?

— De travailler même mariée avec des enfants.

— Tu as lu *Le Deuxième sexe* ?

— Bien sûr.

— Albin le sait ?

— Non, mes lectures ne l'intéressent pas. Je recouvre toujours mes livres ce qui m'évite des questions indiscrètes et des débats inutiles.

Madeleine ouvre grand les yeux en esquissant un petit sourire en coin.

— Tu penses à tout !

— Non, ta présence ici en est la preuve, mais mes lectures ont toujours été ma liberté.

— D'où Simone de Beauvoir...

— Et j'en ai lu d'autres d'elle... J'en prends et j'en laisse mais elle me permet de réfléchir avec plus d'ampleur, plus de recul sur ma situation de femme. Elle écrit des choses auxquelles je n'ai jamais pensé. Écoute : « On ne nait pas femme on le devient ».

— Oh là, c'est fort.

— Lis un de ses livres et on en reparlera. On doit penser autrement pour changer les choses. Si les femmes ne s'étaient engagées nous n'aurions jamais eu le droit de vote en 1945.

— Quel plaisir de discuter avec toi sans être interrompue par les enfants. Et on peut se dire des choses importantes.

— Mes préoccupations pour Victor nous ont permis d'aller plus au fond des choses et de nous parler sans oreille indiscrète. La prochaine fois j'aurai lu Simone de Beauvoir, je pourrai te donner mon point de vue.

— Tu sembles décidée.

— Oh, Madeleine regarde sa montre, il est tard je dois rentrer. Mais avant de partir Méli je veux te remercier toi aussi.

— Ah bon ? Mais pourquoi ?

— Je vais faire court. Ma proposition de prendre Victor, je ne sais pas ce qui l'a déclenchée et comment cela m'est venu à l'esprit mais cela m'a redonné confiance en moi. Armand me regarde différemment. Et de te voir si mal, et puis te reprendre cela m'a obligée à arrêter de me plaindre.

— Mais je ne t'ai jamais entendue te…

— Si à la maison tout le temps, j'en voulais à Armand de m'avoir fait tant d'enfants.

— Ce n'est pas Armand, c'est toi et lui, c'est-à-dire vous qui les avez faits.

Silence de Madeleine.

— Oh excuse-moi c'est sorti tout seul ! Tu n'as pas su, pas vu, pas… tout ce que tu veux mais tu es autant responsable qu'Armand.

— Tu as peut-être raison mais j'ai du mal à l'admettre.

Elles écoutent les craquements dans la cheminée, se laissent hypnotiser par la danse des flammes.

Mélanie plongée dans ses pensées :

— Je n'ai rien deviné.

— Parce que je donne le change en société. Les sorties me font oublier ce qui m'attriste. Nos conversations sur la plage, autour de tes lectures, m'ont ouvert les yeux. Je pouvais parler d'autre chose que de couches. Je me suis remise à lire et je t'en remercie. J'ai beaucoup aimé *Bonjour tristesse*.

— Remercions-nous Madeleine.

— On est d'accord, j'appelle ma cousine pour prendre des renseignements.

— Oui et après on verra.

Les deux femmes se lèvent et s'étreignent longuement.

— Attends je prends la lampe à pétrole et je t'accompagne jusqu'à la grille.

— Tu n'as pas peur ?

— Et toi tu vas faire six kilomètres pour rentrer.

— Je suis en voiture.

— Ici, c'est chez moi, je n'ai pas peur.

Mélanie attrape la lampe accrochée sur un mur de l'entrée ainsi qu'une veste, la boite d'allumettes et la clé de la grille. Toutes deux montent dans la voiture et restent silencieuses. Madeleine enclenche le démarreur puis tire le starter, laisse chauffer le moteur, et roule doucement jusqu'à la grille. Mélanie descend, craque une allumette, allume la mèche de la lampe, ouvre la grille, jette un baiser de la main au passage de l'auto, ferme à clé et remonte l'allée tranquillement, balançant la lampe au bout de la main, soulagée par la discussion avec Madeleine. *Il fait plus frais, j'ai bien fait de prendre une veste,* se dit-elle. *J'ai franchi un grand pas ce soir en parlant à Madeleine. Plus jeunes, nous n'étions pas intimes. Aujourd'hui c'est la seule personne à qui je peux faire confiance. Elle est vraiment de bon conseil. Le soutien d'Armand est important aussi...* Mélanie se sent plus légère ce soir.

En entrant dans la maison, elle découvre les deux garçons en bas de l'escalier, Vincent en pleurs alors qu'il est plus âgé que son frère.

— On croyait que tu étais partie.

— J'ai juste raccompagné tante Madeleine jusqu'à la grille.

Ils s'installent tous les trois sur les marches, les deux garçons, âgés respectivement de huit et dix ans, dans les bras de leur maman. Ils en ont besoin eux aussi.

— Alors tu as eu des idées pour Victor avec tante Madeleine ?

— Oui, on en reparlera demain après que j'ai parlé à Victor. C'est d'abord sa vie à lui.

— Nous, on a parlé avec Baptiste de ça.

— J'ai bien compris que vous ne vous êtes pas couchés.

— Si, mais j'ai eu une idée et je suis allé dans la chambre de Vincent lui en parler.

— Quelle est votre idée ?

— Peut-être que Victor ne voudra pas revenir à la maison parce que Papa n'est jamais venu le voir chez oncle Armand et tante Madeleine ?

— Nous nous sommes dit la même chose que vous avec tante Madeleine.

— Alors il voudra aller en pension peut-être ? Il nous a dit souvent en parlant de Papa : « s'il me déteste autant pourquoi il ne me met pas en pension ».

— Les garçons je crois que nous avons les mêmes idées et cela me fait plaisir. Mais Victor décidera de sa vie, de ce qu'il veut. Il sait que tante Madeleine est venue me voir. Il se doute bien que nous voulons parler de son avenir. Il y réfléchira de son côté. Je verrai d'abord cela avec lui et après on parlera tous les quatre si cela vous va ?

Leur acquiescement se lit dans leurs yeux.

— J'embrasse le premier au lit !

Les deux garçons se relèvent, se bousculent, se précipitent dans l'escalier, glissent, la pantoufle de Vincent tombe en bas. Ils éclatent de rire, se poursuivent pour la récupérer et remontent en courant vers leurs chambres. La vie revient dans cette maison.

Mélanie goûte le plaisir de cette belle entente avec ses fils tout en repensant à ce que Victor avait dit à ses frères mais qu'elle ne savait pas. Impossible d'effacer ce passé qui pointe à nouveau son nez. *Le futur s'écrit avec les lettres du présent*, se dit-elle, *repose-toi, tu as vécu une belle soirée. Dors et tu seras en forme pour vivre demain.*

CHAPITRE 15 : DÉCISION

Le lendemain Mélanie, comme prévu, s'isole dans le laboratoire avec Victor. Assis sur deux tabourets en bois, face à face, ils se parlent. Les enfants respectent la consigne de ne pas les déranger. L'échange est bref, car ils sont d'accord sur tout.

— Je te propose d'aller voir tante Madeleine pour lui annoncer ta décision, elle s'inquiète pour toi.

En sortant du laboratoire, ils découvrent les sept autres enfants qui les attendent dans le jardin.

— Alors, il fait quoi Victor, il part en pension ?

— Oui, répond-il avec sérieux.

— Tu as peur ? demanda Rosalie

— Je ne sais pas ce que c'est en vrai, on va en visiter plusieurs avec maman avant de nous décider. Et c'est moi qui aurai le dernier mot car j'y vivrai.

Madeleine les aperçoit par la fenêtre de la cuisine, tout en s'essuyant les mains et retirant son tablier, elle sort sur le haut du petit escalier de pierres et crie :

— Attendez-moi, j'arrive.

Descendant les quelques marches, elle les rejoint :

— Alors ?

— Il part en pension, répondent ensemble les enfants

— Laissez répondre Victor, c'est lui que cela regarde

— Ben non, nous aussi ! On est une plus grande famille qu'avant maintenant ! Huit enfants, deux mamans !

Madeleine et Méli se regardent attendries, ils ont eu l'intelligence de ne pas parler des papas, ils sont malins ces enfants.

— Tante Madeleine, comme tu t'en doutes, je pars en pension. Maman m'a dit que tu avais des idées, que vous alliez faire des recherches toutes les deux et qu'on visiterait les pensions Maman et moi.

— Ça te va ?

— Oui c'est bien.

— Je suis allée à la Poste téléphoner ce matin à ton oncle. Je le lui avais promis, il voulait savoir ce que nous nous étions dit avec ta maman hier soir.

— Oh comme c'est gentil, s'exclament dans un même élan la mère et le fils

— Ce n'est pas gentil, c'est normal, tu fais aussi partie de notre famille et ton oncle se soucie pour toi.

Les yeux de Victor brillent.

— Je continue, poursuit Madeleine avec fermeté, comme je l'avais dit à ta maman hier soir, j'ai voulu vérifier auprès de ton oncle avant de te le proposer…

Rosalie interrompt sa mère.

— Il reste habiter chez nous ?

— Non Rosalie, avec tante Mélanie on pense que ce ne serait bon pour personne, ni lui, ni nous, que Victor vive toute l'année chez nous. Mais…

— Oh, mais la pension c'est horrible !

— Cela dépend de beaucoup de choses et il verra avec ses parents. Oncle Armand et moi te proposons, Victor, de venir t'installer les week-ends et les vacances chez nous, nous t'organiserons un coin à toi. Est-ce que cela te plairait ? Tu connais déjà notre famille et le petit caractère de tout le monde, tu n'auras pas de mauvaise surprise.

Le plus beau sourire de la terre illumine le visage de Victor. Un sourire comme n'en ont jamais revu, depuis, tous les témoins de cette scène.

— Merci, il ferme les yeux, pour tout ce que vous faites pour moi, tous.

— Pourquoi, tu vas plus chez toi, demande Arnaud, le petit dernier.

— Tais-toi Arnaud, réagit immédiatement Rosalie.

— Rosalie, pas de secret entre nous, intervient Mélanie. Si Victor a passé les vacances avec vous et pas avec nous, ses frères, son père et moi, c'est parce qu'il vit quelque chose de très difficile. Vous l'avez deviné, je pense. L'oncle Albin n'est jamais venu le voir et il est reparti à Paris. Victor a trouvé chez vous une famille de cœur et il a pu réaliser un de ses rêves secrets : devenir photographe. Il se sent bien chez vous. Et moi je suis heureuse pour mon fils.

— Son papa ne l'aime pas ? interroge Georges, numéro quatre de la fratrie.

— Personne ne peut répondre à la place de l'oncle Albin.

— Mais un papa ça veut voir son enfant.

Baptiste et Vincent sont silencieux, mal à l'aise. Le sourire de Victor a disparu. Madeleine et Mélanie se regardent et se comprennent.

— Posez toutes vos questions, on y répond comme on peut et après on va goûter.

— Moi je suis triste pour la famille de Victor car tout le monde est malheureux, commence Rosalie.

— C'est vrai Rosalie, tout le monde est malheureux. Tu sais, ce malheur a aussi amené un autre bonheur, répond Mélanie. Vous avez accueilli Victor mais aussi nous trois tous les après-midi. On passe de bons moments ensemble sur la plage. Nous accumulons des souvenirs heureux de ces vacances inoubliables ! Et grâce aux photos de Rosalie et Victor on en aura des traces.

— On a une plus grande famille ! s'écrient les jumeaux, et nous on aime bien jouer avec Victor.

— Oui nous avons agrandi nos familles.

— Baptiste et Vincent voulez-vous dire quelque chose, demande Madeleine.

Ils se regardent tous les deux. D'un commun accord le plus âgé des deux se lance :

— On est moins malheureux qu'avant, aujourd'hui.

— Ah ? répond Mélanie étonnée

— Hier on a parlé avec toi et aujourd'hui on parle tous ensemble, poursuit Vincent. Avant on voyait Victor avoir mal et on ne pouvait rien dire.

— ... et en plus on ne sait pas pourquoi Papa est comme ça avec lui et pas avec nous, l'interrompt Baptiste, car il n'a rien fait de mal Victor.

— Oui, les garçons, parler fait du bien. Oui c'est difficile pour vous, et en plus c'est vrai c'est pas juste, réagit Madeleine.

— Nous on veut bien prêter notre papa, complètent Georges et Arnaud, mais il est toujours avec Victor dans le labo et il ne joue plus avec nous.

— Oh, je suis désolé, je ne m'en étais pas rendu compte.

— Au début tu étais l'invité mais maintenant tu es de notre famille, alors on partage.

— Compris.

— Et même les week-ends quand tu reviendras ?

— Je ferai attention et vous me le rappellerez.

— Moi j'aime bien quand Victor est dans notre maison, dit Violaine, et puis la plage avec tout le monde.

Chacun exprime son idée, son avis, sa question et quand il n'y en a plus, ils courent tous prendre leur collation dans la cuisine. Les deux femmes restent dans le jardin.

— Je crois que c'était nécessaire Méli.

— Indispensable.

— Tu vois ce qui me plaît, c'est qu'ils aient osé parler d'Albin.

— Nos enfants sont bien !

— Grâce à nous, s'esclaffe Madeleine avec un clin d'œil.

Après le coucher des garçons, Mélanie reçoit un appel d'Albin qui décommande son week-end au téléphone le vendredi soir tard, alors qu'il devait arriver dans la nuit. Elle profite de cette rapide conversation téléphonique pour lui parler de Victor.

— Je pense qu'il serait sage d'inscrire Victor en pension cette année. Je vais m'en occuper ça te va ?

— Tu fais comme tu veux, je ne veux plus en entendre parler. Je paierai jusqu'à sa majorité.

— Je me débrouillerai. Je te raconterai mes visites et les choix à notre disposition.

— Non, ne m'envahis plus avec ces détails.

Choquée par ces mots, Mélanie se retient de réagir. Rapidement, pour ne pas qu'il raccroche, elle ferme les yeux, inspire et demande :

— Tu viens le week-end prochain ?

— Demain je suis retenu mais je viendrai voir les garçons le week-end prochain. Je ne sais pas si tu as écouté la radio ou lu les journaux, c'est chaotique actuellement. On sent comme la fin de quelque chose. La bataille d'Alger,... la République de Tunisie... Les rivalités s'affichent, d'autres attendent tapies dans l'ombre, les supputations de tous ordres vont bon train et il y a un esprit délétère qui rôde.

Mélanie n'entend qu'une seule chose : *Il vient voir ses fils mais pas moi. Je ne compte pas comme d'habitude*. Elle ne perçoit pas qu'Albin tente un échange avec elle sur des sujets qui les intéressent tous les deux, la politique. Il y a si longtemps qu'ils n'ont plus ces conversations. Elle pourrait s'en réjouir mais Albin n'est plus le centre de sa vie. Elle rate l'instant mais comment aurait-elle pu parler comme autrefois à l'homme qui a cherché à détruire son fils et le nie. Elle ne pense qu'à une seule chose, la déception des garçons et souhaite terminer au plus vite la conversation.

— Bonne soirée.

— Bonne soirée.

Mélanie raccroche très secouée et va s'asseoir au salon dans le noir. *Tout s'est mieux passé que prévu*, pense-t-elle. *J'ai bien fait de profiter de l'appel téléphonique pour parler de Victor.* Un sentiment de tristesse l'envahit. *Albin me considère maintenant comme son assistante ou sa gouvernante. Il n'a pas envie de me retrouver, ni de sauver notre couple. Il s'en moque. Il a tourné la page. Au moins c'est clair maintenant, je serai seule. Ce ne sera pas la guerre mais l'indifférence. Victor est protégé, c'est le plus important et d'ici ses vingt et un ans il reste du temps, beaucoup de choses peuvent se passer.* Elle n'a pas vu la légère ouverture d'Albin vis-à-vis d'elle. Elle reste marquée par la violence de sa réaction à propos de Victor, son fils. Surtout maintenant qu'elle sait qu'il est un père coupable de maltraitance. Mais une fois encore elle n'a rien dit.

Toujours dans le noir, blottie dans le fauteuil, elle se reproche d'avoir fait chambre à part, d'être partie à la plage avec les enfants sans proposer à Albin de l'accompagner. *J'aurais dû lui parler après avoir compris ce qu'il avait fait à Victor. Je n'y suis pas arrivée, tellement j'ai été révoltée.* Elle se revoit un seul objectif en tête : montrer à Albin qu'il la trouverait sur son passage s'il touchait encore à un cheveu de Victor. C'est pourquoi elle avait changé : une assurance nouvelle, de la distance. *Mais pourquoi ai-je mis son bras sous le sien le jour du départ de Victor ? Qu'est-ce que j'espérais ?* Elle s'en veut pour ce geste, puis se rappelle qu'elle n'avait pas encore compris ce qui était arrivé à Victor. La vérité s'est dévoilée, peu à peu, quand elle a dormi seule. Elle reste longtemps assise dans la pénombre du salon, écoutant les craquements dans la cheminée même si le feu s'éteint peu à peu.

Puis avec ce poids sur les épaules, elle se lève, monte les escaliers lentement, d'un pas lourd, et avant de rejoindre sa chambre, s'arrête dans celle de Baptiste puis Vincent. Elle les regarde dormir l'un après l'autre, cela l'apaise. Elle sera forte pour Victor et eux. Leur père passera en coup de vent les voir, cela leur fera mal.

Dans son lit, elle pleure la mort de son mariage. Pourtant, il est enterré depuis des années déjà, mais elle ne le savait pas. Ce soir, elle a compris. Mélanie pleure ses illusions perdues et ce mariage qui avait si bien commencé. Ils s'aimaient, elle l'aimait, il l'aimait. Qu'ont-ils raté ? Elle s'étonne de pleurer sur ses amours défuntes ce soir alors qu'il y a peu elle sanglotait sur la violence d'Albin envers leur fils Victor qu'elle n'avait pas protégé. Sa sincérité dans chacune de ces larmes n'est pas à mettre en doute. Quel que soit l'angle de vue – femme, épouse ou mère – qu'elle utilise pour braquer le projecteur sur sa vie, cette nuit elle aperçoit une naufragée et elle pleure sur elle-même. Mariée mais seule. Mère sans père pour ses fils. Femme sans homme. Elle aurait peut-être dû parler avec Albin durant ces vacances. Elle se reproche encore certaines choses et finit par s'endormir.

Cette nuit, son verre est à moitié vide. Elle ne voit pas l'autre plein : une femme qui reprend sa vie en main, une mère qui redonne vie, une épouse qui fait face, la vie qui revient en elle. Et puis, Albin est-il réellement prêt à parler avec elle ? Est-ce possible ? Il faut être deux pour se parler et s'écouter.

Au petit-déjeuner, elle annonce à ses fils que leur père ne viendra pas ce week-end.

— Il ne veut plus faire semblant qu'on est une famille. C'est ça, maman ? Baptiste comprend vite.

— Je ne sais pas, il m'a dit qu'il avait été retenu au dernier moment. Mais bonne nouvelle, je lui ai parlé de la pension de Victor et il est d'accord.

— Hum, les garçons soupirent et expriment leur déception. On ne compte pas pour papa.

— Si, il m'a dit qu'il venait vous voir le week-end prochain.

— On ne compte plus…

— Je ne peux pas répondre à sa place. Le moment est difficile pour tout le monde. Il a beaucoup de travail actuellement, la France traverse une période difficile.

— Mais on ne lui a rien fait nous.

— Je sais. Vous êtes tristes ?

— Oui.

— Je comprends, c'est triste pour des enfants d'avoir des parents…

Baptiste la coupe,

— On est triste aujourd'hui, on va s'habituer.

— C'est comme ça, ajoute Vincent.

La sagesse de ses enfants lui fait mal.

Prenant un ton enjoué !

— On ne se laisse pas abattre ! Organisons notre week-end. Que pensez-vous d'aller cueillir des mûres, avec Victor, à bicyclette.

— Cela fait longtemps qu'on n'a pas fait de confiture ou de gelée de mûres.

— Ou une tarte ?

— Comme vous voulez. Je pense que c'est mieux de laisser oncle Armand et sa famille tranquille cet après-midi on les verra demain. On passe chercher Victor à vélo et on partira tous les quatre aussitôt après.

— Et Victor viendra à la maison avec nous faire la confiture ?

— Je ne sais pas, il décidera.

Le cœur n'y est pas. Chacun sait que quelque chose est différent.

Les changements font toujours un peu peur au début. L'appréhension de l'inconnu, le deuil de ce qui ne sera plus. Et puis une fois le cap franchi, chacun oublie et se demande pourquoi cela n'est pas arrivé plus tôt.

CHAPITRE 16 : SOLUTION

Quand la vie décide de vous donner un coup de pouce pour des raisons inconnues, elle emploie les grands moyens. Certains parleront de fées et de baguette magique. À chacun sa façon de voir. Quoi qu'on en dise, personne ne maîtrise cette belle mécanique de la vie. Le manque d'humilité l'enraye.

Mélanie, par nature, a toujours gardé une certaine modestie dans sa vie, contrairement à Albin plus orgueilleux qu'ambitieux. Son effacement de ces dernières années n'a rien à voir avec l'humilité. Il s'apparente davantage à une mort à petit feu. Le départ de Victor remet les choses à leur place. Elle est prête à se repositionner dedans et au dehors de la cellule familiale. Elle s'engage à nouveau dans la vie.

En cette fin d'été, la chance sourit à Mélanie. La cousine de Madeleine séjourne chez ses beaux-parents, en Bretagne, à une heure de route en car. Le Père Jean, professeur dans l'internat de Vannes y passe quelques jours comme tous les étés. Le choix de la pension pour le fils de la cousine s'explique. Il s'agit d'une affaire de famille, si l'on peut dire.

Madeleine ne ménage pas ses efforts, son nouveau rôle lui donne une raison d'être. Se levant plus tôt pour aller à la poste, sans rechigner contre Armand ou son père qui n'ont pas installé de téléphone à la villa, elle passe ses appels téléphoniques. Le premier pour sa cousine, le second à Mélanie pour lui annoncer la bonne nouvelle et valider son accord puis le troisième à sa cousine pour confirmer la venue de Victor et sa mère. La rapidité de chaque appel, dépend de la bonne volonté de l'opératrice qui parfois s'invite dans la conversation. Madeleine gardera Baptiste et Vincent pendant que la mère et son fils prendront le car pour aller rencontrer le père Jean. Ces vacances transforment la vie de Madeleine.

Mélanie abandonne un de ses pantalons de toile, de forme corsaire, qui ne la quitte pas en Bretagne, pour revêtir une robe. Il serait inconvenant de se présenter en pantalon pour une visite chez des inconnus même s'il s'agit de la famille de Madeleine. Le port du pantalon pour les femmes se tolère, mais sans plus. Elle choisit la robe en cotonnade épaisse à petites rayures vertes et blanches qu'elle a portée pour le quinze août : le corsage ajusté fermé par des petits boutons recouverts du même tissu que la robe, un col chemisier, la taille serrée sur une jupe ample. Elle ajoute un cardigan ras du cou, vert foncé. Avec ses cheveux blonds, son bronzage doré, Mélanie porte beau sa trentaine. Ses grands yeux bleus influencés par sa tenue tirent sur le vert. Victor a revêtu un short propre, en coton bleu marine, une chemise à carreaux à manches courtes et col ouvert. Il étrenne un pull de laine à col en V tricoté par sa grand-mère maternelle peu avant sa mort. Elle disait souvent à sa fille : « Je tricote des chandails à l'avance pour tes fils, comme cela je resterai plus longtemps près de vous ». Et depuis cinq ans, Mélanie puise dans l'armoire à pulls remplie par sa mère. Ils ont fière allure tous les deux et feront bonne impression. L'aller à bicyclette pour déposer les garçons chez Madeleine se passe sans encombre. Il aurait été délicat de dérailler et de remettre une chaîne dans cette tenue. Ils montent rapidement dans la 4 CV, garée devant l'entrée de la villa pour arriver à l'heure à l'arrêt du car.

Le voyage leur offre une proximité silencieuse et paisible. Le bruit du moteur interdit toute conversation intime. Heureux de se retrouver l'un à côté de l'autre, sans parler, ils goûtent ce moment précieux.

L'accueil du Père Jean les met en confiance. Il a prévu la rencontre dans un coin isolé du jardin, en dehors du cadre officiel, cela favorise des échanges peu conventionnels. L'esprit assez ouvert, le Père Jean accepte la présence de Victor tout au long de la conversation avec sa mère. Mélanie expose la situation sans donner de détail. Victor ne peut rester à la maison pour poursuivre ses études. Le Père Jean observe attentivement les réactions de l'enfant. Mélanie parle très peu de son mari mais indique que cette décision a été prise d'un commun accord avec lui. Victor en entendant cela tressaille et s'affaisse imperceptiblement en baissant la tête. Cette attitude se reproduit à chaque évocation de son père. Mélanie évite d'aborder le métier d'Albin, elle ne cherche aucun passe-droit même si elle se doute bien qu'avant son arrivée, la cousine de Madeleine a dû en parler. Ancienne professeur d'histoire-géographie, sa légitimité pour aborder seule la scolarité de Victor n'est pas à démontrer. La pertinence du choix de la pension pour son fils est une vraie question, le reste ne regarde que Victor et elle.

Le prêtre respecte la pudeur et la discrétion de Mélanie. Touché par cette femme qui se bat pour son fils, il perçoit un drame indicible à travers les légers changements d'attitude de Victor. Ce garçon si blond au visage inexpressif le surprend. Quand Mélanie aborde la passion de Victor pour la photographie, il s'anime, répond avec précision aux questions. Puis, dès que la conversation reprend sur les études, son avenir, son regard s'éteint. Impossible de savoir ce qu'il pense. La vie en groupe, pour ce jeune garçon loin de sa famille inquiète le père Jean. Il le sent vulnérable malgré une grande volonté. L'établissement réputé attire de très nombreux élèves. Victor ne lui semble pas armé pour faire face aux pressions de certains, si loin de sa famille qu'il ne pourra voir qu'aux vacances.

Au cours de la conversation, à quoi cela tient, une phrase de Mélanie lui rappelle une autre femme très courageuse, Madame Chaumont, veuve de guerre. Elle a perdu ses enfants dans un bombardement, l'abbé se souvient qu'elle a ouvert une sorte de pension pour des garçons en difficulté de famille. Après la guerre, nombreux furent les enfants qui ont porté le nom d'un homme qui n'est pas toujours celui de leur vrai père. Des situations familiales difficiles à vivre pour tous. Cette femme au grand cœur vit dans un grand appartement parisien vide depuis ses deuils. À la fin des années quarante, pour dépanner une amie de sa famille, elle a accueilli un premier garçon, puis un autre et encore un autre. Depuis plusieurs années, une dizaine de garçons, scolarisés de la quatrième à la terminale vivent à son domicile. Habitant le douzième arrondissement, où se trouve l'excellent lycée Saint-Michel de Picpus, ses pensionnaires, comme elle les nomme, y sont scolarisés. Le père Jean lui a envoyé deux garçons déjà. Les bonnes nouvelles qu'il a reçues de la part de ces deux familles l'encouragent à proposer cette nouvelle solution à Mélanie et Victor. Il recommandera Victor, même s'il ne rentre qu'en cinquième, « il y a toujours des exceptions à la règle » dit-il avec un grand sourire.

Mélanie et Victor, pour des raisons différentes, se détendent et adhèrent immédiatement à cette proposition qui leur semble moins effrayante, plus humaine. Victor pourra retrouver ses frères et sa mère plus souvent.

On est déjà début septembre. À la fin des années 1950, la rentrée scolaire se déroule les tous premiers jours d'octobre – ce qui évoluera par la suite. Il n'y a pas de temps à perdre. C'est pourquoi le Père Jean propose d'appeler Madame Chaumont dès maintenant. Elle est sûrement rentrée à Paris et comme cela ils seront fixés.

Mélanie attend avec Victor dans le jardin, sans un mot, tous deux troublés par cette accélération dans la réalité de leur futur. L'abbé revient chercher Mélanie et son fils pour poursuivre l'entretien avec Madame Chaumont. Le téléphone noir, accroché au mur au-dessus d'une tablette de bois sur laquelle reposent un gros annuaire papier, un carnet et un crayon, se trouve dans un coin du vestibule. Ce lieu de passage ne permet pas de conversation privée.

— Allo !

— Allo !

— Bonjour Madame, commence Mélanie.

— Bonjour Madame, répond Madame Chaumont. Comme je viens de l'indiquer au Père Jean, je pourrai m'arranger pour accueillir votre fils mais avant j'aimerais pouvoir faire un peu plus connaissance. Pourrions-nous nous rappeler ce soir ou demain matin ?

— Avec plaisir Madame, je ne voudrais pas abuser du temps du Père Jean. Ce soir ce sera difficile mais demain matin votre heure sera la nôtre.

— Demain dix heures ?

— Très bien. Puis-je prendre votre numéro de téléphone ?

— Nation 23 30, mon appartement est situé avenue du Bel-Air, à côté de la place de la Nation.

Madame Chaumont continue à épeler son numéro de téléphone en indiquant le préfixe en lettres au début malgré la réforme[9]. Les Parisiens disent « Nation 23 30 », ce qui leur permet d'identifier immédiatement le quartier de leur interlocuteur et la classe sociale qui s'y rattache, sans le dire.

— Je note, voici le nôtre 96 24 27 à Matignon dans les Côtes-du-Nord. Contrairement à Paris nous ne sommes pas encore passés à l'automatique, il se peut que j'aie du retard, cela dépendra de l'opératrice.

— Ne vous inquiétez pas, je rentre de Pornichet, j'y ai vécu la même chose. Tout le monde n'a pas de téléphone sur son lieu de vacances, vous avez de la chance.

— Mon mari en a besoin pour son travail.

— Je vous souhaite une bonne fin de journée et vous dis à demain.

— Je vous remercie pour votre accueil et vous souhaite une bonne soirée.

Se dirigeant vers la gare routière, Mélanie et Victor sont soulagés. Une solution qu'ils n'avaient pas imaginée existe. Que l'issue soit si proche d'eux, presque sous leurs yeux, participe à leur étonnement. Ils en ont presque le tournis. S'il existe une solution inimaginable, plus simple que celle envisagée… il peut en exister une autre et encore une autre… Une fenêtre s'ouvre sur le champ des possibles !

À leur retour, chacun dans ses pensées se projette. Mélanie imagine que ce sera plus facile d'échanger avec une femme pour voir Victor. *Sa voix m'a plu : directe et bien placée. Cette femme a du cœur pour recueillir des enfants témoins d'un passé qu'on veut oublier… ou pas… Un souvenir heureux est peut-être plus vrai que le bonheur.*[10] *Ah la guerre !* De son côté, Victor se demande *ce que sont des garçons qui portent le nom d'un père qui n'est pas toujours leur père. Est-ce comme pour lui ? Un père qui n'aime pas son fils, un père qui…* Son cerveau se bloque… Un blanc. Des cahots sur la route le secouent et il tombe sur sa mère. Tous deux éclatent de rire ! Mélanie s'effondre à son tour sur Victor. Ils sont heureux, l'avenir s'ouvre à eux.

Madeleine les attend devant la 4 CV à l'arrivée du car. Mélanie tombe dans ses bras en la remerciant. À *La villa*, l'excitation des enfants est à son comble, chacun y va de sa question à Victor. Ils s'installent autour de la table de la cuisine pour déguster le dîner de crêpes préparé par Marthe et sa fille. Madeleine et Mélanie se retirent au salon boire un verre de porto et fumer une cigarette devant la baie, face à la mer. Les soirées de septembre sont fraîches en Bretagne, impossible de s'installer sur le balcon.

— La chance nous sourit… Je n'imaginais pas qu'une telle pension existe…

— Moi aussi, je suis ravie pour toi et Victor. Il me semble que c'est plus une pension de famille qu'un pensionnat.

— C'est inespéré.

— La recommandation du Père Jean, un cadeau du ciel !

Mélanie joint ses mains devant elle en levant les yeux, puis lève son verre de porto comme si elle trinquait avec le ciel et en boit une gorgée.

— Les week-ends, pourrez-vous récupérer Victor ?

— Méli une promesse est une promesse !

— Tout semble se débloquer même si rien n'est encore engagé.

— Oui rien n'est fait.

Mélanie craint de se précipiter sur la première solution qui passe, et en même temps elle écoute sa petite voix qui l'invite à faire confiance.

— Je ne vois pas l'utilité d'aller chercher ailleurs.

— Non profitez de la fin des vacances car vous allez devoir rentrer plus tôt.

Madeleine conforte son amie dans sa décision, elle va devoir affronter tant de choses pour cette rentrée. Elle allume une cigarette et tend le paquet à Mélanie préoccupée par ce retour anticipé à Paris.

— Victor ne peut pas habiter sous le même toit que son père, si nous rentrons avant vous, soupire-t-elle.

— Armand est à Paris. Victor est débrouillard, ils s'arrangeront.

— Merci, merci, s'écrie Mélanie rassurée et redevenue légère.

— Tu vas sourire ou même rire, une pensée m'a traversé l'esprit.

— Laquelle ?

— Avec ta chance, tu vas trouver un poste dans le nouveau lycée de ton fils.

— Je n'en suis pas encore là, dit joyeusement Mélanie qui se lève, esquisse un pas de danse, tournoie, le bas de sa robe se gonfle, avant de partir voir les enfants dans la cuisine. Madeleine se lève en secouant la tête avec un grand sourire.

L'échange téléphonique avec Madame Chaumont est cordial. Mélanie demande au préalable à son interlocutrice si elle peut passer l'écouteur à Victor. Une attitude rare de la part d'un parent qui incite Madame Chaumont à accepter, cette maman sait ce qu'elle fait. À l'issue de la conversation, tous les trois prennent rendez-vous pour une visite de l'appartement parisien de Madame Chaumont. Victor est le bienvenu dans sa pension, mais elle ne donnera son accord définitif qu'après leur rencontre. Loin d'inquiéter Victor et Mélanie, ces étapes les rassurent. Elles établissent le gage d'une volonté de s'apprivoiser avec respect pour chacun. Victor ne se soucie plus de la vraie rencontre avec Madame Chaumont depuis la conversation téléphonique. Le changement de lycée le préoccupe davantage. Même si Madame Chaumont lui a expliqué que les autres garçons se trouvaient eux aussi au lycée Saint-Michel de Picpus mais en quatrième.

Mélanie de son côté est rassurée car inscrire un élève au mois de septembre n'est pas chose facile. Madame Chaumont a ses entrées auprès du directeur. Elle a pris en note les éléments administratifs pour constituer le dossier et faire la demande en urgence au lycée de Victor pour le transfert. L'autorité du chef de famille est nécessaire. Madame Chaumont active ses contacts privilégiés, le dossier avancera en attendant que Mélanie obtienne l'accord du père de Victor.

Le week-end suivant Mélanie tente de parler à Albin :

— Je pense avoir trouvé ce qu'il faut pour Victor.

— Je t'ai dit de ne pas m'en parler.

— Il va changer de lycée et tu devras donner ton accord en tant que chef de famille.

— Je ne me déplacerai pas, je n'ai pas de temps à perdre. Tu te débrouilles comme tu veux, j'accepte seulement de signer des papiers.

— C'est parfait. Je ferai comme cela.

Albin ne reconnaît plus Mélanie. Elle prend des initiatives, obtient des résultats sans son aide. Tout en restant dans le rôle qu'il s'est fixé, celle qu'il ne regarde plus comme sa femme l'épate même s'il se garde bien de se l'avouer.

CHAPITRE 17 : CASTAGNE

Le retour à Paris est avancé pour rencontrer madame Chaumont. En le préparant, il devient évident que Victor ne peut effectuer le voyage de rentrée dans la voiture familiale avec son père au volant. Armand s'impatiente devant ce qu'il ne comprend pas. Il est arrivé dans la nuit, comme le week-end précédent. Il sait qu'Albin est présent à Matignon, Méli a dit à Madeleine qu'elle viendrait en voiture les retrouver à la plage.

— Madeleine, je vais chez le garagiste pour organiser le gardiennage de l'hiver de la 4 CV.

— Tu nous retrouves sur la plage ?

— Ne vous occupez pas de moi.

— On se retrouve après le goûter des enfants.

— Parfait. Bon après-midi, elle s'approche d'Armand et l'embrasse furtivement sur la bouche.

Armand a décidé d'aller parler à Albin, entre hommes. Parfois la colère fournit de bonnes raisons pour passer à l'action. Il a trouvé à s'échapper sous un quelconque prétexte, préférant éviter de nourrir une attente vaine et des bavardages inutiles. Au volant de sa voiture, irrité par l'indifférence d'Albin depuis l'arrivée de Victor à *La villa*, il se parle à voix haute et rythme chacune de ses phrases par des tapes sur le volant : *Qu'est-ce qui lui prend de ne pas s'occuper de son fils ? Il a des responsabilités et un exemple à donner… Il se conduit comme un goujat vis-à-vis de Madeleine et moi ! C'est à se demander s'il ne nous méprise pas ? Après ce que nous faisons pour son fils ! Ça suffit !*

Impossible de prévenir Albin puisque le téléphone n'est pas installé à *La villa*. Cette difficulté se transforme en un avantage, elle évite la possibilité d'un refus. Devant la grille fermée de *Matignon*, Armand fait demi-tour pour aller se garer sur la route le long du bois et rejoindre la maison de Mélanie par l'arrière. La marche dans la nature l'apaise. Un bruit de moteur au loin qui se rapproche. Il sort des bois et Albin apparaît poussant une tondeuse. Il n'en revient pas et dit à haute voix lentement « Al-bin-fait-du jar-di-na-ge ! Pffffou… Je pensais qu'il en était incapable ! ». Traversant le pré dans sa direction, il se prépare à un accueil glacial. Albin effectue un virage avec sa tondeuse et se dirige face à Armand qu'il aperçoit au dernier moment. La toile de ses tennis verdie par l'herbe coupée, un polo dont le bleu marine a passé avec le temps et un short beige taché, Albin a perdu de sa « superbe ». La stupéfaction se lit sur son visage, remplacée immédiatement par la concentration d'une réflexion rapide et intense, du style : « comment me sortir de là ? ». Il prend son temps pour arrêter sa tondeuse, vérifie quelque chose avant de lever la tête, et regarde enfin son visiteur sans lui tendre la main.

— Quel bon vent t'amène, mon vieux ?

Albin s'adresse à Armand comme s'ils s'étaient vus la veille, alors que tout son corps montre son refus de cette rencontre imprévue : il se tient à distance, ne serre pas la main et semble prêt à repartir pousser sa tondeuse.

— Salut Albin, je ne savais pas que tu maniais la tondeuse avec dextérité ? C'est toi qui as fait tout cela ?

— Le fils de Louis est couché avec un tour de rein, je ne pouvais pas laisser l'herbe pousser trop haut et Louis est trop vieux pour le remplacer.

— Oui, j'ai su ça mais cela fait un moment déjà qu'il est couché.

— Je tonds pour la deuxième fois et j'ai trop attendu pour le faire.

— Tu n'es là que les week-ends.

— Mais ce n'est pas désagréable à faire finalement et je ne regrette pas de m'y être mis.

Ces premiers échanges anodins permettent aux deux hommes de reprendre contact. Même si Albin a bien compris le but de la visite d'Armand, il espère encore y échapper.

— Tu m'offres un verre, je voudrais te parler.

— Je n'ai pas beaucoup de temps, je veux finir le pré avant de rentrer à Paris demain soir.

— Je comprends. Tu conviendras qu'il est difficile de parler avec le bruit de cette machine. Tu en as pour combien de temps encore ?

— Ça dépend… Si un caillou heurte la lame, si elle cale, si…

Armand sent la colère poindre le bout de son nez. Il se plante devant Albin qui fuit son regard.

— Je ne t'ai pas vu de l'été, je veux te parler, c'est important.

— Qu'est-ce que tu as de si important à me dire ?

— Tu ne veux pas m'offrir un verre ?

Albin tourne la tête pendant qu'Armand lui montre d'un mouvement du bras les transats rayés vert et blanc disposés autour d'une table basse en bois peinte en blanc sous le tilleul à côté de la maison.

— Allons nous asseoir.

Même coincé, Albin ne lâche pas.

— Je dois terminer ma tonte.

— Je veux te parler.

— De quoi ?

— De qui, devrais-tu dire ? reprend Armand qui commence à s'énerver.

— Pas de leçon de grammaire s'il te plaît !

— Change pas de sujet.

— Mais je ne change…

— Tu viens t'asseoir oui ou non ?

— Tu ne peux pas te poser dans l'herbe ?

Devant la mauvaise foi du père de Victor, Armand ne se laisse pas impressionner.

— Non

— Depuis quand ?

— Depuis que je n'ai qu'un seul pantalon pour le week-end et qu'il est beige !

— Oh mais calme-toi mon vieux !

— Je ne suis pas ton vieux !

Albin se sent coincé, Armand a bien calculé son coup et il va devoir subir un interrogatoire en règle. Qu'ont pu raconter Mélanie et Victor ? À contrecœur, il regagne la maison pendant qu'Armand le suit et l'attend devant la porte-fenêtre du salon. Une bouteille de whisky et deux verres dans les mains, Albin réapparaît.

— Je n'ai pas pris de glaçons, ça t'ira ?

— Merci.

— Alors de quoi veux-tu me parler ?

Puisqu'il n'a pas le choix, Albin reprend la maîtrise de la situation et, sans laisser à Armand le temps de lui répondre et de s'asseoir, attaque.

— Si c'est de Victor cela ne te regarde pas.

— Tu te trompes, cela me regarde car ton fils habite sous mon toit depuis début août.

— Et alors ?

— Tu pourrais au moins me remercier !

Armand a haussé le ton à la fin de sa phrase.

— Je te remercie.

— Tu te moques de moi ?

— Je ne t'ai jamais demandé de l'inviter chez toi.

Bien qu'Albin ne l'ait pas invité à s'asseoir, Armand vérifie si la barre arrière du transat est bien positionnée dans les crans et retrouve son calme.

— Je le sais bien.

— Ta femme, je ne sais quelle mouche l'a piquée.

Armand a bien entendu mais continue de s'installer confortablement. Positionnant ses mains derrière la tête il inspire longuement le dos bien appuyé contre la toile, les pieds à plat sur le sol et expire prêt à affronter Albin.

— Tu ne parles pas de Madeleine comme cela !

— Ta femme a lancé cette invitation à la cantonade.

— Non à Mélanie et toi.

— Qui s'est jetée dessus !

— Jetée sur quoi ?

— Sur l'invitation, hurle Albin.

— Mais…

— Tu étais là ! poursuit-il toujours en hurlant.

— Oui, répond fermement Armand en le regardant droit dans les yeux.

Son calme révèle un réel contrôle de lui-même ce qui n'est pas le cas d'Albin qui voit qu'il perd du terrain.

— Est-ce qu'elle a demandé mon avis ?

— Non.

— Tu vois bien que j'ai raison !

— Rien à voir.

— Et depuis Victor n'est jamais revenu.

Cette argumentation imparable aux yeux d'Albin ne perturbe pas Armand qui répond avec fermeté.

— Albin, tu oublies d'ajouter que tu n'as pas vu une seule fois ton fils de l'été.

— Et alors ?

— Tu es rentré à Paris sans lui avoir rendu visite.

— Il a un vélo qu'est-ce qui l'empêchait de venir.

— L'envie.

— Je suis furieux !

— Mais de quoi ?

— Victor a déserté la maison avec votre complicité.

— Qu'est-ce que tu racontes ?

— Je ne veux plus en entendre parler.

— Cela t'arrange bien.

— Il va avoir treize ans.

— Et alors ?

— Il est capable de venir me parler.

Albin se lève, se positionne devant Armand puis se rassoit.

L'odeur de l'herbe fraichement coupée a attiré les insectes qui bourdonnent. L'harmonie qui se dégage du jardin sous le soleil de septembre tranche avec ce jeu de pingpong inutile entre les deux hommes. Armand pourrait s'arrêter là et partir mais il repense à Victor.

— Albin ne joue pas à ce petit jeu avec moi.

— Quel petit jeu ?

— Nous nous connaissons depuis trop longtemps.

— On n'a jamais été intime.

— Il y a un problème avec Victor.

— De quoi tu te mêles ?

— Je ne veux pas en connaître les raisons et les détails.

— On ne dirait pas.

— Cela ne t'empêche pas d'être bien élevé avec nous qui l'accueillons.

— Tu es venu pour m'insulter ?

Armand choisit de ne pas répondre et de poursuivre.

— Tu dois faire face à tes responsabilités de père.

— Je sais ce que j'ai à faire.

— Et aussi montrer l'exemple aux enfants.

— Les femmes ont décidé entre elles.

— Mais pas du tout.

— Et nous ont mis devant le fait accompli.

— Ben, dis donc, s'ils sont tous d'aussi mauvaise foi que toi à la Chambre…

— Qu'est-ce que tu insinues ?

— On n'est pas en train de faire de la politique. Il s'agit de ton fils, de nos enfants et de nos épouses, mères de nos enfants dont tu parles. Réveille-toi !

La fermeté d'Armand surprend Albin qui le pensait mou et soumis à sa femme. Sa remarque à propos de la Chambre le blesse car Armand ne semble plus impressionné par son poste de haut fonctionnaire.

— Ne t'emballe pas comme ça, vieux !

— Arrête de m'appeler vieux, nous avons le même âge.

— C'est amical !

— Tu te fous de moi ou quoi ?

Personne n'a osé parler ainsi à Albin ou peut-être quand il était au lycée, mais adulte jamais.

Armand reprend :

— Tu vas m'écouter jusqu'au bout. Madeleine a fait cette proposition spontanément car elle a senti que quelque chose ne tournait pas rond pour Victor. Depuis qu'on vous a retrouvés cet hiver, nous nous étonnions de son regard fuyant, de son côté soufflé et affaissé, de son manque d'entrain.

Albin le coupe.

— Tu comprends pourquoi je ne veux plus en entendre parler.

— Je t'ai demandé de m'écouter jusqu'au bout, cela veut dire de ne pas m'interrompre.

— À vos ordres chef !

Albin se lève et se met au garde à vous.

— Je ne joue pas Albin… c'est sérieux et grave ce qui se passe !

Albin se rassoit.

— Le jour du déjeuner j'ai été aussi surpris que toi par l'invitation de Madeleine, ce n'est pas son genre. Mais je lui ai fait confiance justement parce que ce n'est pas dans ses habitudes. Elle devait avoir une raison. Le soir, elle m'a expliqué qu'elle t'avait vu donner un verre d'alcool à Victor en douce dans le salon.

— N'importe quoi ?

Et qu'elle était arrivée à temps pour t'en empêcher. Tu avais jeté, alors, le contenu du verre dans la cheminée et ordonné à Victor de déguerpir comme s'il était en faute.

— Et puis quoi encore ? Elle fabule mon pauvre comme toutes les femmes !

Armand se lève d'un bond de son transat et se plante devant Albin :

— Je crois Madeleine plus que toi. Elle est ma femme et la mère de mes enfants. Je n'accepte pas que tu la critiques pour te sortir d'affaire. Je continue et…

— Mais…

— Arrête de m'interrompre. Je ne sais pas ce que tu as fait à Victor mais elle a senti qu'il avait peur de toi pendant le déjeuner.

— Tu vois, est-ce qu'on a peur de son père ?

Albin poursuit sa tactique, interrompt Armand sans arrêt pour le pousser à s'énerver et à partir. Armand capte la manœuvre et ne se laisse pas impressionner. Tout en secouant la tête, il retourne s'installer dans son transat.

— Si tu donnes de l'alcool à ton fils, tu es fou ! Un fou dangereux ! Tu connais tous les ravages de l'alcool, je ne développe pas plus, tu connais, vu ta position les préconisations du « Haut Comité d'étude et d'information sur l'alcoolisme » créé par Mendes !

En effet, Albin ne peut ignorer le combat de Mendès France, chef du gouvernement de l'époque et son fameux slogan « Pour être studieux, forts et vigoureux, buvez du lait »[11]. Il a décrété la distribution d'un verre de lait et d'un morceau de sucre à l'heure de la récréation dans toutes les écoles pour lutter contre la dénutrition et l'alcoolisme des enfants.

Puis Armand enchaîne avec ce qui lui tient réellement à cœur.

— Mais plus important que ce passé, oui c'est du passé, c'est ce qui se passe aujourd'hui avec ton fils auquel tu ne t'intéresses pas. Victor a dégonflé, se redresse dans sa posture et redevient le beau garçon qu'il aurait dû rester. Et pourtant je t'assure qu'il a bon appétit, il dévore comme tous les jeunes de son âge. Il aura du succès avec la gent féminine, j'en suis sûr.

Albin blanchit, s'affaisse légèrement, baisse les yeux, il vient de recevoir un coup. Son fils beau garçon ! Alors Armand ne lâche rien et enchaîne.

— Sa présence à *La villa* est un plaisir. Il est apprécié de tous. Jamais il ne se plaint, ni ne parle de toi. Aucun des enfants ne lui pose de questions, tout du moins devant nous. Entre eux, je ne sais pas. Il a confié son désir de faire de la photo à Rosalie, qui nous en a parlé le premier soir au dîner. Tu te souviens de mon *Rollefleix* ?

Bien évidemment, Albin ne répond pas.

— Tu te souviens de mon labo photo ?

Toujours pas de réponse d'Albin.

— J'ai ressorti l'appareil photo. On a réinstallé le labo en y ajoutant des améliorations. Et je peux te dire que Victor se débrouille bien et même plus que bien pour un débutant.

Albin se tait. Un long silence s'installe. Albin se ressert un verre de whisky, en oubliant d'en proposer à Armand. Alors qu'il ne fume pas, il attrape le paquet de cigarettes et le briquet qu'Armand a fait tomber à côté de son transat en se levant brusquement. Il se sert et gardant la cigarette à la main prononce tout bas :

— Merci.

Plus calme, d'une voix radoucie, Armand se lève, lui met la main sur l'épaule.

— Ne t'inquiète pas, on traverse tous de mauvaises passes et cela ne regarde personne. Les amis, c'est fait pour cela.

Albin est blanc, tout blanc, il tremble.

— Ça ne va pas ?

Il secoue la tête et fait signe à Armand de poursuivre.

— Ce que je veux te dire, c'est que ton fils, je serai là pour lui tant que tu ne pourras pas. Je m'y suis attaché à ton gosse. Je ne sais pas ce que Mélanie a pu te dire mais voilà ce que je te propose. Comme vous avez décidé de le mettre en pension, que Méli et Madeleine…

En entendant le surnom de Mélanie sortir de la bouche d'Armand, Albin reçoit un autre coup de poignard dans le cœur. « Méla-Méli-Mélo… », il se rappelle… Comme c'est loin tout ça.

— Tu m'écoutes ? Je disais que Méli et Madeleine ont trouvé quelque chose de mieux qu'une pension, car ce sera un genre de vie de famille. Victor est d'accord. Je ne te redis pas ce que tu sais déjà par Méli.

Albin ne sait rien, puisqu'il refuse que Mélanie lui en parle

— Alors, je te propose que Victor habite chez nous, à Paris, pour le moment jusqu'à la rentrée des classes. Nous le récupérerons tous les week-ends et les vacances. Nos femmes ont organisé le retour en train sur Paris de Victor et Rosalie, comme cela Victor ne voyagera pas dans ta voiture et il habitera chez nous à Paris.

Albin découvre l'organisation envisagée mais surtout que la situation de son fils préoccupe plusieurs adultes qui cherchent des solutions pour l'aider à construire son avenir. Un voile se déchire sur l'histoire qu'il se racontait ou même plutôt sur l'absence d'histoire car il avait rayé Victor de sa vie.

— Merci pour ce que vous faites, je ne savais pas.

— De rien, Albin. À toi de gérer ce que tu dois et fais ce qu'il faut. Prends le temps dont tu as besoin. Victor fait partie de la famille maintenant. Les liens entre Madeleine et Mélanie se sont resserrés cet été. Je trouve que Méli fait beaucoup de bien à Madeleine. On est embarqué dans une aventure commune, tu m'aurais dit cela il y a un an, je t'aurais ri au nez. Nos familles sont unies maintenant grâce à Victor, que ce soit pour le meilleur pour nous tous.

Un silence s'installe entre les deux hommes. Secoué par la conversation, Armand pense avoir bien agi vis-à-vis d'Albin en lui parlant vrai. Mais il éprouve de la peine pour cet homme qui semble, une fois son masque tombé, totalement dévasté.

— Je vais te laisser finir ta pelouse. Kenavo[12] comme on dit ici.

Armand repart par le chemin d'où il est arrivé.

Armand ne se trompe pas. Albin a reçu un coup sur la tête couplé d'un uppercut à l'estomac. Se levant comme un automate, il se dirige vers la tondeuse, s'y reprend à quatre fois pour la démarrer n'arrivant pas à lancer le moteur. Son geste incertain ne donne pas l'impulsion nécessaire à la corde reliée à la poignée. Enfin, elle démarre et il peut poursuivre sa tonte. La parole d'un homme a ébranlé sa carapace. Même si l'homme qui vient de le secouer est un homme qu'au fond de lui il méprise. Et pourtant il a eu plus de courage que quiconque en lui faisant face, et en le remettant devant sa responsabilité de père. Tout en marchant au ralenti derrière la tondeuse, la force avec laquelle Armand a défendu sa femme durant la conversation lui revient à l'esprit. Albin s'est senti comme un minable devant lui. Il pousse la tondeuse chassant ce qui émerge de sa mémoire. Il avance tête baissée.

Tout se mélange dans sa tête. Il ne s'agit plus de peur invisible, mais d'une rentrée dans la matière c'est tout nouveau pour lui. Armand lui est rentré dedans. Il n'en revient pas. Il se répète en boucle : « Ar-mand-m'est-ren-tré-de-dans ! ». Aussi bizarre que cela puisse paraître, il se sent différent en mieux. Armand lui a parlé comme à quelqu'un de normal. Même s'il ne connaît rien des forces obscures qui le traversent, en ne le ménageant pas il l'a respecté. En lui donnant des informations sur ce qui se met en place pour son fils, il lui a redonné une place. Est-ce cela qui lui a fait du bien ?

Aucun des deux hommes ne racontera la visite surprise de l'après-midi. Pour Albin c'est évident, il ne parle plus à Mélanie. L'énergie de la castagne qui portait Armand à son arrivée a laissé place à de la compassion. La douleur d'Albin s'impose à lui. Elle mérite le respect. Ce soir, il n'en parlera pas à Madeleine, plus tard, peut-être.

CHAPITRE 18 : ESPOIR

À son retour, Armand trouve une maison calme. Madeleine et les enfants profitent encore de la plage. Une délicieuse odeur d'aubergines frites flotte dans l'air. Dans la cuisine Marthe et sa fille préparent un gratin d'aubergines. Il se réjouit à l'idée de déguster au dîner un de ses plats préférés que lui a fait découvrir la cuisinière espagnole de ses parents.

Armand est heureux ! Il a du temps pour lui, rien que pour lui. Il en a besoin, sa discussion avec Albin l'a ébranlé. Content d'être seul, Madeleine aurait deviné en un coup d'œil qu'il était troublé. Il souhaite rester discret tant qu'il ne comprend pas ce qu'il perçoit comme quelque chose de grave. D'un pas décidé il se dirige vers son cher labo rouvert cet été après des années et dans lequel il n'a jamais pu rester seul un moment. Retrouver ce doux cocon de sa jeunesse, inespéré… Il en profite ! Sa solitude, si rare, il la goûte. Il se sent bien ! Heureux d'être à Saint-Cast et de passer le week-end avec femme et enfants. Heureux de la complicité retrouvée avec Madeleine… Heureux de leurs longues conversations de l'été… Heureux de retrouver son corps au-delà des mots… Heu–reux ! … Effacé ces dernières années difficiles, à nouveau amoureux de sa femme, il vibre.

Le laboratoire de sa jeunesse ne lui appartient plus tout à fait et c'est bien ainsi. La présence de Victor habite ce lieu. Il aime ce garçon comme un fils, alors qu'il le connaît seulement depuis quelques mois. *Il a un don ce gamin !* pense-t-il, *impressionné par les tirages suspendus, et il apprend vite ! Il aurait sans doute voulu me les montrer lui-même. Je lui dirai que je les ai vus seuls et que maintenant j'aimerais qu'il me les présente.*

Plongé dans ses pensées, Armand reste là, assis sur un des tabourets. Un carnet tombé par terre l'attire. Il le ramasse, l'ouvre et découvre dans les premières pages des contours inachevés, en mouvement, crayonnés… Il feuillette, les formes disparaissent pour laisser place à des ébauches de visages d'environ trois centimètres – face et profil – griffonné au crayon de bois… Il croit reconnaître certains traits, une ressemblance avec les enfants ou même Mélanie… Les griffonnages reprennent les pages suivantes… *Mais qui peut dessiner comme cela ? Victor ? Rosalie ? Ils sont les seuls à entrer dans cette pièce.*

— Armand, on est rentré ! la voix de Madeleine se rapproche. Je peux venir ?

Elle frappe un coup discret à la porte.

— Oui, entre !

— Je ne te dérange pas ?

— Non, regarde ce que j'ai trouvé.

Armand lui tend le carnet.

— Mais c'est le carnet de Rosalie !

— Tu en es sûre ?

— Certaine, elle le garde toujours sur elle. Je suis étonnée qu'elle l'ait laissé ici. Tu l'as ouvert ?

— Oui… je suis assez surpris…

— Montre…

Ils se penchent sur le carnet, tournent les pages en silence puis se regardent gênés par leur indiscrétion. Armand parle le premier :

— Je ne me sens pas fier.

— Moi non plus.

— On ne lui en parle pas, tu es d'accord.

— Oui, je capte une telle sensibilité même si cela ne ressemble à rien de connu.

— Pas d'accord avec toi, on reconnaît les visages, répond Armand.

— Oui, je me suis concentré sur les formes.

— Pourquoi ne nous en parle-t-elle pas ?

Même si elle n'est pas proche de Rosalie, Madeleine a l'impression d'avoir franchi un interdit.

— Je ne sais pas, mais nous n'aurions pas dû regarder ce carnet sans son autorisation.

— Tu as raison ! Ma curiosité m'a rendu irrespectueux. Tu te souviens de ce que disait Mélanie sur Lucienne Heuvelmans, l'artiste qui a vécu à Saint-Cast.

— Pas vraiment… On en reparle quand tu veux.

Posant les deux mains sur les épaules d'Armand avec un sourire enjôleur :

— Je venais te proposer de marcher sur la plage après le dîner, on ne l'a pas fait depuis si longtemps…

— Quelle bonne idée Madeleine !

— Tu te souviens de notre premier été à *La villa ?*

— Oui !

— Nos soirées à refaire le monde assis dans le noir…

— Pour une fois… Les enfants se coucheront sans nous !

Ils se serrent l'un contre l'autre et s'embrassent longuement. Armand respire avec délice une odeur d'ambre solaire mêlée à un goût de sel avant que Madeleine ne s'éclipse.

Après le dîner, enlacés, ils marchent sur le sable. En cette fin d'été la nuit tombe plus tôt. Les étoiles scintillent peu à peu, les unes après les autres. La lune se reflète dans la mer noire. L'air est doux pour une soirée de septembre. Les vagues émettent un bruit de clapotis légèrement étouffé. Silencieux, ils savourent leurs retrouvailles de l'été. Ils goûtent cette paix et le désir aussi.

Tu m'as manqué, je suis heureux de te reconquérir, chuchote Armand à l'oreille de Madeleine tout en la serrant contre lui et l'embrassant dans le cou.

Madeleine cherche ses lèvres et lui rend son baiser.
— Merci de m'avoir attendue, je m'étais perdue.
— Perdue ?
— Méli m'a réveillée.
— Je suis heureux pour toi de cette amitié.
— C'est très nouveau...
Madeleine ne termine pas sa phrase et plonge dans un long silence, qui invite Armand à ne pas la questionner. Parfois certaines choses sont si intenses qu'il faut attendre que l'émotion s'apaise pour en parler. Cette amitié épanouit Madeleine et cela lui suffit. La quiétude de cette soirée renforce sa sérénité. Ils marchent en silence un moment. Madeleine s'arrête :
— On s'assoit ?
Armand bascule Madeleine sur le sable, ils rient :
— Regarde les étoiles...
Même si c'est trop tard, puisqu'ils ont déjà du sable dans les cheveux, Armand étale son chandail sur le sable. Ils s'allongent, Madeleine pose sa tête sur le ventre de son homme qui lui caresse le visage. Le regard vers le ciel, ils cherchent l'étoile Polaire, la Grande Ourse... L'immensité de l'univers les enveloppe.
— On est bien...
— Humm... Madeleine sourit au ciel.
Délicatement du bout des doigts, Armand suit le contour de sa bouche, puis de chaque œil, du nez, des oreilles, descend le long de son cou jusqu'au bout de ses seins... Madeleine frisonne, le caresse à son tour... Ils s'embrassent longuement. Collés l'un à l'autre, seuls au monde sur cette plage bretonne, ils restent silencieux. Si présents et si puissants dans leur amour retrouvé et infiniment petits au sein de l'univers... Ce moment intense renforce leur appartenance à cette immensité. Liés au sans limites !

Madeleine rompt le silence :
— Armand j'ai besoin de ton aide.
— Dis-moi.

— Je me soucie de Rosalie.

— À cause de son carnet ?

— Non cela n'a rien à voir. Cela fait un moment que je voulais t'en parler et je n'y arrivais pas... Je tourne et tourne dans ma tête.

— Je suis là...

— Je sais, Madeleine se love contre lui et le serre. Je n'arrive pas à lui parler, à créer une relation... Je me sens en faute devant elle, devant son regard...

— Depuis que Victor est à la maison, il me semble que c'est plus fluide.

— Oui la présence de Victor gomme la différence mais elle reste isolée.

— La différence ?

— Entre les enfants... Rosalie est à part... Je pense qu'elle en souffre moins grâce à la présence de Victor, mais les faits sont là et je me le reproche.

— Comment puis-je t'aider ?

— Lui dire la vérité sur son père. Je n'arrive pas à lui parler, je risque de m'effondrer mais elle doit savoir. Son père est différent de celui de sa sœur et ses frères.

— Tu as raison, j'y pense souvent... Je la considère comme ma fille mais elle doit connaître la vérité, même si ce sera un choc pour elle.

— Plus nous attendrons plus ce sera violent.

— Il faudrait la séparer de Victor un moment pour que nous lui parlions sans éveiller la curiosité des autres enfants. Qu'en penses-tu ?

Madeleine enfermée dans son impossibilité à parler à sa fille ne l'entend pas.

— Je n'y arriverai pas. Je m'en veux de l'avoir rejetée et de ne pas pouvoir lui parler, mais elle doit savoir.

Madeleine c'est courageux ce que tu fais pour ta fille, notre fille. Ce secret me met mal à l'aise, j'avais peur de t'en parler, de te blesser, de réveiller ta douleur... Tu me soulages.

Satisfaite d'avoir réussi à exprimer ce qui la tracasse à son époux, Madeleine continue :

— J'ai cru comprendre que la photographie l'intéresse moins que le dessin. Mais elle n'ose pas le dire.

— Mais pourquoi ?

— Je ne sais pas, j'ai surpris une conversation entre Victor, Mélanie et Rosalie. Et comme je ne me sens pas au clair avec moi-même, je n'ai pas osé aborder le sujet avec Méli. De son côté elle ne m'en a pas touché mot.

— Ce carnet est une confirmation alors !

— Oui. Je me sens mal de l'avoir regardé sans sa permission.

— Ma douce, la peinture, le dessin c'est ton père. Tu te souviens ? Ta mère et Rosalie le retrouvaient l'après-midi au bord de la rivière alors qu'il y peignait depuis le matin.

— Peut-être… C'est possible que cela lui vienne de si petite.

— Rappelle-toi, son atelier. Elle jouait à ses pieds pendant qu'il préparait ses esquisses ou qu'il dessinait au fusain…

— Je n'avais pas fait le lien. Imprégnée si petite déjà !

— Elle n'avait pas deux ans !

— Comment ai-je pu l'abandonner si jeune !

— Tu ne l'avais pas abandonnée… Tu l'avais confié à tes parents le temps de récupérer et retrouver le plaisir de vivre pour construire ton futur.

Il la serre contre lui, ému de repenser à la Madeleine qu'il a connue.

— Armand comment ai-je pu douter de toi ces dernières années, tu m'aimes tant !

Elle se serre encore plus fort, enfonce son visage contre son torse et respire l'odeur d'Armand.

Madeleine repense à sa conversation avec Mélanie : *Si tu ne prends pas ta part, tu ne trouveras pas de solutions pour que ça change… Si tu n'acceptes pas ta responsabilité, tu ne pourras pas faire différemment et changer quelque chose. Lis Simone de Beauvoir pour penser ta situation de femme*. Cela ne lui ressemble pas, elle a peur de lire cette auteure sulfureuse. C'est ridicule, ce n'est qu'un livre. Elle a promis à Mélanie et elle commencera par *Le deuxième sexe.*

De son côté Armand poursuit sa réflexion sur comment annoncer à Rosalie que son père n'est pas celui qu'elle croit. Après un temps de silence :

— Si Rosalie connaît la vérité, il faudra la dire aux autres enfants.

La levée du secret et ses conséquences sur chacun apparaissent peu à peu à Armand.

— Attendons la réaction de Rosalie et voyons avec elle ce qui sera le mieux. Par mon silence, je lui ai fait du mal. Je l'ai oubliée.

— Sûrement…

Armand est désemparé. Madeleine a mûri sa réflexion. Il sait sa douleur mêlée de honte. Ce n'est pas à lui de porter la nouvelle mais à la mère. La légèreté du début de la soirée est retombée.

— Armand si tu ne peux pas, je ne t'en voudrais pas. Je sais que c'est à moi de parler mais je n'y arrive pas.

— Laisse-moi réfléchir… Je t'aiderai du mieux que je peux.

— Tu l'as toujours fait…

Ils se lèvent, se serrent fort, très fort. Madeleine laisse couler quelques larmes. Armand les essuie avec des baisers ; il n'a pas de mouchoir sur lui. Madeleine sourit.

— Te rappelles-tu sous le porche de tes parents quand je t'ai demandé d'être ma femme…

Elle hoche la tête

— Je n'avais pas osé embrasser tes larmes. Je t'avais promis que Rosalie serait comme ma fille.

— Bien sûr que je n'ai rien oublié, mais je m'en veux d'avoir perdu tout ce temps.

— C'était le temps nécessaire pour toi…

— Et pour Rosalie ?

— L'avenir le dira !

Ils rentrent tranquillement vers *La villa*. La douceur de la nuit les enrobe. Madeleine s'appuie sur son homme qui l'aime. Elle hésite à lui parler des conseils de lecture de Mélanie, à lui demander ce qu'il pense de Simone de Beauvoir. Elle se tait. Elle s'étonne de penser à la fois à Rosalie et à l'écrivaine ? *Elles n'ont rien à voir l'une avec l'autre,* se dit-elle, *je mélange tout pour le moment.*

CHAPITRE 19 : FUTUR

Est-ce parce que Madeleine s'est souciée de Rosalie ? Est-ce parce qu'Armand a prononcé ce nom hier dans le labo ? Ou tout simplement, est-ce un heureux hasard ? Le lendemain au déjeuner, Madeleine semble tout excitée.

— Savez-vous qu'une femme importante et célèbre a vécu à Saint-Cast ? Ce matin à la sortie de la messe j'ai croisé Antoinette qui a absolument voulu me montrer une sculpture dans l'église. L'artiste, une femme, a vécu ici une partie de sa vie et y est morte d'une mauvaise grippe.

— Lucienne Heuvelmans[13] !... Je t'en ai parlé hier après-midi, confirme Armand.

— Mais oui, c'est pour cela que cette rencontre de ce matin me semble incroyable et comme une réponse à notre discussion d'hier.

— Tu verras, l'histoire de cette femme est impressionnante.

— Elle a fait l'École des beaux-arts de Paris au début du siècle c'est cela ?

— Et pour une femme, à cette époque c'est rare. Un parcours riche : peintre et sculpteur puis première femme lauréate du grand prix de Rome de sculpture en 1911.

— C'est quoi ce grand prix ? questionne Rosalie.

— Un grand concours qui permet à des artistes de différentes disciplines artistiques de recevoir une bourse d'études pour étudier quatre ans en Italie à la *Villa Médicis*.

— Ce concours était réservé aux hommes. Il s'est ouvert aux femmes en 1903 et cette... ?

Madeleine n'arrive pas à mémoriser le nom exact.

— Lucienne Heuvelmans, complète Armand.

— Lucienne Heuvelmans, répète Madeleine, a obtenu le Grand prix de Rome de sculpture en 1911. Elle a été la première femme à oser se présenter puis à être reçue à la *Villa Médicis*. C'est extraordinaire !

L'enthousiasme de Madeleine réjouit Armand qui la regarde parler tout en posant un morceau de poulet rôti dans une assiette que lui tend un des enfants.

— Elle est partie vivre en Italie toute seule ?

Rosalie autant impressionnée par l'enthousiasme de sa mère que ce qu'elle découvre – une femme peut être une artiste et célèbre – reste bouche bée, la fourchette en l'air dans une main. Elle en oublie de manger.

— As-tu regardé *l'Autel des héros* ? demande Armand.

— Oui, en pierre blanche légèrement dorée.

— Un monument aux morts ne se trouve pas dans une église habituellement mais en extérieur. Il a toute une histoire. Impressionnant ce travail et cette composition ?

— Je ne pensais pas qu'une femme ait la capacité de réaliser cela, s'étonne Madeleine à haute voix.

— Et pourquoi ? répond Armand surpris.

— Je ne sais pas. Des idées toutes faites peut-être, balbutie-t-elle.

Elle se tait surprise d'avoir exprimé cette phrase. *Si Simone de Beauvoir m'entendait* ! pense-t-elle.

Armand lui propose du vin, elle accepte et tout en la servant il précise :

— Mélanie connaît beaucoup de choses sur elle. Plus jeune, elle s'est passionnée pour la personnalité de cette artiste dont la maison à Saint-Cast s'appelait *La clarté*. Il me semble même qu'elle a suivi ses cours de dessin. Il faudra lui demander.

— Cette dame a donné des cours de dessin à Saint-Cast ? s'exclame Rosalie étonnée.

— Oui, elle enseignait aussi à Paris avant.

— Elle avait quel âge quand elle a gagné son prix ? demande Rosalie.

— Je ne sais pas. Nous interrogerons Méli qui sera ravie de nous en parler.

Rosalie est bouleversée. Des femmes peuvent être des artistes. Des femmes peuvent même gagner sur des hommes. Elle n'a encore jamais entendu parler sa mère comme cela. Décidément cet été à Saint-Cast réserve bien des surprises.

La famille termine son déjeuner du dimanche en s'arrêtant au fromage tout en continuant à s'interroger sur l'artiste.

— Hou hou ! On vous dérange ? Mélanie suivie de ses deux garçons frappe à la porte de la salle à manger. On arrive trop tôt vous n'avez pas terminé ?

— Tu arrives à point Méli, Armand se lève pour l'accueillir et ajouter des chaises autour de la table. Nous t'attendions pour le gâteau breton.

— Bonjour Tante Mélanie ! Maman, on peut sortir de table, demandent en cœur les jumeaux.

— Attendez prenez un morceau de gâteau.

— On a trop envie de jouer, on en prendra au goûter ! s'écrient ensemble Georges et Arnaud

— Je comprends, répond Madeleine. Et vous Baptiste et Vincent, vous en prendrez bien un morceau ?

— Non merci tante Madeleine, on veut jouer aussi !

— Très bien, allez-y ! Rosalie tu vas pouvoir poser tes questions.

Les jumeaux en profitent aussi pour s'éclipser, cette discussion pendant le déjeuner leur a semblé interminable.

Victor silencieux depuis le début du repas se manifeste.

— Je peux rester tante Madeleine ?

— Évidemment Victor.

— Pouvez-vous m'expliquer ce qui se passe ? interroge Mélanie.

— Maman vient de nous parler d'une femme sculpteur qui a vécu à Saint-Cast et qui a eu un prix répond Rosalie.

Sans hésitation Mélanie répond :

— Lucienne Heuvelmans !

— Oui c'est elle.

— Que veux-tu savoir ?

— C'est vrai que tu as suivi des cours de dessin avec elle ?

— Non ma mère, je n'étais pas née.

— Elle en a pris longtemps ?

— Non, Lucienne Heuvelmans est tombée malade.

Rosalie est déçue et ne sait plus quoi dire, sur le moment.

Madeleine se lève et revient portant un plateau avec la cafetière et les tasses.

— Prenons le café avec le gâteau breton, c'est bien meilleur.

Pendant qu'elle sert les parts coupées en losange, selon la tradition, et propose du café aux adultes, Rosalie reprend l'interrogatoire.

— Est-elle devenue célèbre ?

— Oui dans un certain cercle si on peut dire les choses ainsi.

— Et à Saint-Cast ?

Mélanie s'anime en retrouvant ses souvenirs.

— Beaucoup de personnes se souviennent encore de l'avoir croisée sur la plage, marchant à grandes enjambées et accoutrée d'une drôle de manière. Une femme très simple et originale.

— Elle est partie en Italie après avoir eu son prix ?

— Elle a rejoint la *Villa Médicis* située à Rome et habitée, jusqu'à cette date, uniquement par des artistes hommes. Un séjour qui durera neuf ans, perturbé par la Première Guerre mondiale. La petite maison du jardinier a été spécifiquement aménagée pour elle. En 1914, elle a été rejointe par Lili Boulanger (sœur de Nadia la célèbre chef d'orchestre et musicienne) première femme, elle aussi, à recevoir le premier prix Rome pour la musique.

— Pourquoi on n'en entend jamais parler ? demande Victor.

— Parce que ce sont des femmes qui sont allées sur un terrain réservé aux hommes, répond Armand.

— Mais justement... !

— Ta réaction, Victor, nous montre que nous ne sommes pas assez fiers de ces femmes et que nous devrions vous en parler plus souvent, poursuit-il.

— La prochaine fois que vous viendrez à *Matignon* vous pourrez découvrir, une jolie statue en céramique de cette sculptrice *La maternité* ou *Vierge à l'enfant*. Elle est posée à côté de la cheminée. Je la trouve très simple et très belle. Mais je suis un peu désolée que cette femme se soit cantonnée dans la deuxième partie de son travail à l'art religieux. Elle avait autre chose à montrer vu son niveau.

— Tu aurais voulu qu'elle fasse quoi ? demande Rosalie.

— Une autre femme sculptrice, qui a dix-sept ans de plus qu'elle, Camille Claudel, a su montrer la grâce, la douleur, l'élégance. Elle est morte un an avant Lucienne. Seulement depuis 1913, sa mère et son frère l'avaient internée en hôpital psychiatrique.

— Mais pourquoi ?

— Sa mère choquée par son travail ne l'a jamais soutenue. Impensable pour une fille de bonne famille de sculpter des nus et vivre avec un homme, le grand sculpteur Auguste Rodin, sans être mariée. Une honte pour sa mère, grande bourgeoise ! Son père l'a protégée jusqu'à sa mort mais après elle s'est retrouvée bien seule sans être reconnue à la hauteur de son talent... Elle en est devenue paranoïaque et a détruit une grande partie de ses œuvres. Elle est morte seule, enterrée dans la fosse commune. Quelle vie de souffrance !

— Mais c'est horrible et injuste ! s'écrient Rosalie et Victor.

Mélanie les regarde avec tendresse en hochant la tête et poussant un soupir, elle ajoute :

— Oh oui ! C'est pourquoi ces femmes sont extraordinaires d'avoir osé s'imposer dans ce monde artistique réservé aux hommes.

— Tante Mélanie tu t'intéresses beaucoup à l'art ?

— Je m'y suis intéressée bien après ma rencontre avec Lucienne Heuvelmans à Saint-Cast. Je ne m'étais jamais posé la question de la difficulté d'être femme. Plus tard, j'ai découvert Camille Claudel quand je suis allée voir son exposition au musée Rodin[14], il y a environ six ou sept ans. Tellement de grâce, de sensibilité, de douleur aussi... *La valse*, *L'âge mûr*, *La petite châtelaine* et ma préférée *La vague*.

— Et la sculptrice de Saint-Cast, tu n'aimes pas ses sculptures ? interroge Rosalie.

— Si, tu verras *L'autel des héros* à l'église et ma statue à la maison... montre un superbe travail, de la maîtrise, de la force, de la puissance et une grande délicatesse. Tu regarderas le visage de l'ange à l'église mais ses émotions sont retenues. Elle n'exprime pas tout ce qu'elle porte en elle contrairement à Camille Claudel.

Mélanie est intarissable. Elle n'a pas encore entamé sa part de gâteau ni bu son café. Madeleine et Armand, restés volontairement silencieux, observent leur fille s'animer.

— Méli, quelle passion ! Je te retrouve comme à notre adolescence ! s'exclame Armand.

— Tu me soutenais alors que les autres étaient surpris, cela ne les intéressait pas.

— Ce n'est pas que « cela ne les intéressait pas », mais je pense que ton enthousiasme pour une artiste qui passait pour une femme originale les mettait mal à l'aise.

— Je ne comprends pas pourquoi.

Madeleine la coupe :

— Cette femme a été très courageuse pour réussir comme elle a réussi. C'est une pionnière et un modèle à suivre !

— Eh bé Madeleine que t'arrive-t-il ?

Armand rit, il est heureux de voir sa femme vibrer.

La conversation se poursuit. Victor et Rosalie découvrent un monde insoupçonné. Des femmes peuvent suivre une voie différente quand elles sont poussées par une passion. Plus surprenant, ces deux femmes ont existé sans être mères. À la place, elles ont accouché de statues. Cette conversation d'adultes rappelle à Rosalie sa promesse de ne pas vouloir d'enfant.

Victor est épaté par ce qu'il découvre de sa mère. Sa passion de l'art. Sa visite au musée Rodin pour découvrir une sculptrice alors qu'il était enfant. Il lui demandera de l'emmener visiter des musées. Il a soif d'apprendre !

Puis, après une conversation aussi sérieuse, ils s'échappent pour aller courir sur la plage et retrouver leur insouciance.

Pendant le goûter des enfants, Madeleine, Mélanie et Armand organisent le retour sur Paris pour le week-end prochain. Comme prévu Méli rentrera au volant de la DS avec Albin et leurs deux fils plus jeunes, dimanche soir. Armand partagera la voiture d'un ami ce même dimanche pour laisser la 403 à Madeleine qui accompagnera Rosalie et Victor à la gare de Lamballe, le mardi matin. Armand les récupèrera, le soir, sur le quai de la gare Montparnasse. Victor s'installera dans la chambre de Laurent jusqu'à sa rentrée des classes.

Une grande première ! Madeleine rentrera le samedi, seule au volant, avec les quatre enfants. Elle y tient absolument. « C'est ma façon de reprendre ma nouvelle place ! » a-t-elle plaidé auprès d'Armand. Devant son insistance, il s'est laissé faire avec plaisir. De son côté, il a refusé que la concierge s'occupe de leur repas en l'absence de Madeleine et de la nouvelle cuisinière qui débutera la semaine d'après. Il s'occupera des dîners de Rosalie et Victor qui iront en bus chez Mélanie, les jours suivants, pour y déjeuner et y passer les après-midis. Mélanie redoute le retour de Victor à l'appartement pour les déjeuners même s'il n'y habite pas mais les trois parents n'ont pas trouvé de meilleure solution.

Avant de partir, Mélanie appelle Victor pour lui expliquer l'organisation du retour.

— Tu rentreras en train avec Rosalie mardi prochain et tu habiteras chez ses parents. Nous avons vu cela ensemble.

Victor ne discute pas la décision parentale. Il ne se sent pas concerné. Lorsqu'il repense au retour à Paris, un grand vide s'installe en lui, comme un blanc. Alors qu'il est tout à fait capable d'imaginer son installation, d'ici deux semaines, chez cette madame Chaumont qu'il n'a pas encore rencontrée. Mais ce qui va se passer durant ces quinze jours à Paris ne le concerne pas. Sa mère parle d'un autre enfant. Il s'est absenté de lui-même comme avant les vacances, incapable d'envisager son retour dans l'appartement du malheur.

CHAPITRE 20 : RENTRÉE

Pour la première fois, Rosalie et Victor rentrent en train à Paris, seuls. Leurs sacs à dos, toile épaisse de couleur bis, bordée d'un cuir marron clair pour les poches, le haut du sac et les sangles, contiennent : affaires de nuit, brosse à dents, livre, pique-nique et jeux de cartes. Des vêtements qui ne craignent rien, la poussière du charbon de la locomotive à vapeur s'imprègne partout. Une chance pour eux, le compartiment d'à côté est vide. Ils s'y installent et rejoindront leurs places si besoin. En ouvrant leurs sacs, ils découvrent sur le dessus, un paquet différent pour chacun : des crêpes pour Rosalie, des sablés pour Victor enveloppés dans un linge ; une surprise de Marthe.

— Tu en veux un ? dit Victor tendant à Rosalie un sablé doré et bien rond.

— Oui, je les adore, elle les a faits ce matin, j'ai senti l'odeur.

— Ah c'était ça, hum... leur goût de beurre salé, répond Victor en fermant les yeux.

Après un moment à regarder le paysage défiler devant la vitre, à s'exclamer devant ceci ou cela, Rosalie interroge Victor :

— Ça va ? On n'en parle jamais mais ça va ?

— Ça va quoi ?

— Tu n'as pas peur de rentrer ? De cette nouvelle vie ?

— Un peu,... c'est nouveau...

— En plus tu ne sais rien, tu ne...

Victor ne lui laisse pas le temps de terminer sa question.

— J'ai entendu la voix de Madame Chaumont au téléphone et je me suis dit : « Elle ne me fait pas peur ! ». Et ça m'a rassuré. Depuis que j'habite chez vous je n'ai que de bonnes surprises.

— Tu verras en vrai quand on ira au rendez-vous.

— Ce qui me peine le plus, c'est de ne pas pouvoir continuer la photo.

— Ben t'en sais rien.

— Oui tu as raison, j'en sais rien.

— Es-tu content de ce que tu fais en photo ?

— Oui et puis ton père est vraiment sympa avec moi.

— Ton intérêt lui plaît, je le sens bien. Ça lui fait plaisir de te sentir passionné.

— Pourquoi tu dis cela Rosalie ?

— Parce que moi je ne lui pose aucune question.

— Et alors ?

— J'étais contente que tu puisses faire ce que tu voulais, mais moi la photo, j'aime pas trop. Le labo tout noir, finir la pellicule avant de pouvoir développer les photos et les découvrir. C'est trop long. Et puis quand c'est fait, on ne peut rien changer. Soit c'est bien, soit c'est perdu…

— Moi c'est tout ce que j'aime… cette attente, la découverte, les manipulations dans le labo.

— Je sais, j'ai bien vu. Je suis contente pour toi.

— Tu préfères dessiner ?

— Oui.

— Pourquoi tu ne le dis pas ?

— J'y arrive pas.

— Mais tout le monde s'en moque que tu n'aimes pas la photo.

— Je ne veux pas faire de peine à Papa.

— Pourquoi tu parles de peine Rosalie ?

— Parce que ça a été sa passion et il veut me la transmettre.

— Peut-être mais s'il te sait malheureuse, il ne voudra surtout pas que tu continues. Tu compliques tout Rosalie en faisant ça. Tu aimes dessiner. Tu n'arrêtes pas dès que tu es seule. Je le vois. Tu caches tes dessins c'est dommage ! Pourquoi tu ne me les montres pas ?

— C'est raté, cela ne correspond pas à ce que j'ai dans ma tête.

— Il te faudrait du papier à dessin, autre chose que ces cahiers d'école. Dans mon lycée la salle de dessin est immense avec beaucoup de matériel. Tu dois prendre des cours.

— Laisse-moi.

— Ah non Rose !

— Je m'appelle Rosalie, dit-elle avec un peu d'énervement dans la voix.

— Je sais, mais j'ai le droit de te donner un diminutif, il ne te plaît pas ?

— Je suis pas habituée.

— Et « Rose qui pique », tu préfères ? On va être seuls avec ton père, tu pourras lui en parler au dîner. On ne sera que tous les trois.

— Mais de quoi tu te mêles ?

— « Rose qui pique », je fais comme toi avec moi. Et contrairement à toi, j'en ai été très heureux.

Rosalie-Rose s'interdit d'exprimer ses désirs. Elle n'imagine même pas les conséquences négatives de cette attitude sacrificielle. Victor ne comprend pas pourquoi elle s'empêche de dire ce qu'elle voudrait faire. Il est triste pour elle.

— C'est pas grave ma « Rose parfumée », on verra bien.

— Oui, on verra bien.

Chacun sort son livre du sac, mais de nombreuses pensées parasites rendent la lecture difficile.

Rosalie a envie de pleurer. Elle se reproche son agressivité vis-à-vis de Victor. La découverte du dessin la bouleverse tellement qu'elle est à fleur de peau. Elle a griffonné, gribouillé sans pouvoir s'arrêter parfois. Immergée dans son exploration, elle s'est identifiée peu à peu à ses esquisses. Comment raconter les couleurs et les formes qui dansent dans ses yeux quand elle s'endort ? Comment décrire ce qu'elle tente de poser sur le papier ? *Victor n'a pas cette difficulté*, se dit-elle, *il photographie des personnes extérieures à lui. Moi quand je dessine cela sort de moi, c'est moi. Je ne sais pas en parler et je veux me débrouiller seule. Qui connaît les couleurs que j'ai dans la tête, les formes que je veux construire, le geste qui va jaillir à travers ma main. Tout mon corps dessine. C'est déjà difficile à comprendre pour moi, alors comment le dire à d'autres ? Comment pourraient-ils m'aider ? Je veux réussir à faire ce que je sens. Victor a raison, je dois avoir du matériel. Je le sais bien, j'y ai déjà un peu pensé même si ça ne fait pas longtemps que j'ai commencé à dessiner. En sixième, j'aurai un professeur de dessin. Vive la rentrée !*

De son côté, Victor se sent soulagé, son père l'a oublié. Il pourrait aussi se sentir orphelin mais orphelin de quoi ? D'un père qui n'est plus un père depuis des années ? Aujourd'hui trois adultes veillent sur lui avec respect, une chance ! Et puis son père il s'en moque, c'est le passé. Il veut vivre maintenant pleinement. Les portes s'ouvrent pour lui, vers son futur. Sa mère le soutient depuis qu'elle est redevenue « une mère ». Comme sa douceur lui fait du bien. Elle lui apprend l'impossibilité de rattraper le temps perdu et à ne pas vouloir effacer le malheur. Elle l'aide, aussi, à rebondir vers d'autres horizons insoupçonnés. Ses frères se rapprochent davantage de lui en l'absence du père. Tout est plus simple à vivre. Rien n'est comme avant. Il connaît l'inquiétude qui envahit Baptiste et Vincent choqués par cette triste histoire. Et si, comme leur frère aîné qui n'a rien fait, leur père les rejetait. Des silences, des non-dits, des secrets, la famille a explosé.

Ils ferment leur livre au même moment, se regardent en souriant :

— Si on jouait aux cartes, propose Victor.

— Bonne idée.

— J'ai pas réussi à lire.

— Moi non plus.

Cette complicité retrouvée les rend joyeux. Avec des rires, ils sortent leurs jeux de cartes des sacs.

De ce long voyage en train, premier d'une série à venir, ils garderont chacun un souvenir fort. Plus tard, ils préféreront souvent, l'un et l'autre, choisir le train à l'avion ou la voiture comme une fidélité à leur sortie d'enfance. La transition des émotions d'un lieu à un autre se vit mieux dans un train. Ils ont quitté la Bretagne, l'insouciance des vacances d'été et ils se dirigent vers Paris, la rentrée des classes.

À l'arrivée, Armand les attend sur le quai de la gare. En les voyant descendre du train, Rosalie et ses nattes, en robe chemisier bleu marine, ceinture et cardigan de laine rouge, Victor dans un short long bleu foncé, un polo bleu nuit comme le pull à col en V tricoté par sa grand-mère, Armand est fier de les retrouver et les trouve élégants après ce long voyage. Leurs orteils gris par la poussière de charbon dépassent de leurs nu-pieds en cuir. Il attrape le sac à dos de Rosalie, tout étonnée par ce geste de son père, réservée à la femme qu'elle n'est pas encore. Il hèle un taxi devant la gare Montparnasse pour rentrer à l'appartement, puisque Madeleine a gardé la voiture.

Avant l'été les deux familles se retrouvaient les dimanches, pour aérer les enfants, dans un parc. À la fin de la promenade, chacun rentrait à son domicile c'est pourquoi Victor découvre seulement aujourd'hui, car il n'y a jamais mis les pieds, l'immense appartement parisien de la famille de Rosalie, situé près du Champ de Mars. Le long couloir l'impressionne. La chambre de Rosalie et Violaine est collée à celle de Laurent dans laquelle Armand installe Victor.

— Tu prendras le lit de droite, Laurent occupe l'autre. Tu ranges tes affaires sur l'étagère. Quand tante Madeleine et les enfants arriveront, vous vous réorganiserez ensemble.

Puis s'adressant aux deux enfants :

— Je prépare le dîner. Vous devez être fatigués par ce voyage et avoir envie de vous coucher tôt. Rejoignez-moi à la cuisine quand vous êtes prêts.

Intimidé par ce nouveau lieu, Victor n'ose pas s'installer réellement. Il rejoint Rosalie dans sa chambre et la regarde retrouver ses affaires. Puis, ils se dirigent tous deux vers la cuisine.

Une suspension en opaline blanche, plissée sur les bords, éclaire la table d'une lumière crue. Le mécanisme dans lequel passe un câble de textile blanc permet de régler la hauteur en tirant sur le contrepoids en porcelaine. La paillasse blanche collée à l'évier, les murs laqués du même blanc crème que les buffets et le reste du mobilier, le carrelage de carreaux blancs… Tout évoque un laboratoire ou un hôpital. La hauteur imposante du plafond, plus de trois mètres, la fenêtre plongeant sur la cour intérieure et la porte qui s'ouvre sur l'escalier de service font de la cuisine un monde à part du reste de l'appartement. Aucune décoration, « cela n'a pas sa place dans une cuisine, une question d'hygiène », affirme toujours Madeleine, très stricte sur ces notions. Ce lieu, si froid d'apparence, restera gravé dans les mémoires de Victor et Rosalie comme un espace réconfortant et chaleureux.

Les deux enfants installent le couvert, pendant qu'Armand, un tablier autour de la taille et une cuillère en bois à la main s'agite devant les fourneaux.

— Pas de nappe, a dit Armand, on dîne sur la table de la cuisine.

Madeleine ne supporte pas cette nouveauté que sont les tables en formica de couleur vive dont le plateau s'essuie d'un coup d'éponge. La table en bois de la cuisine est, elle aussi, laquée de blanc crème. Les enfants s'installent sur leur tabouret pendant qu'Armand les sert de pâtes avant de reposer la casserole contenant l'égouttoir en aluminium dans l'évier.

Rosalie se dit *On voit que maman n'est pas là ! Ni nappe ni plat !* Victor s'étonne, intérieurement, de voir Armand se débrouiller dans la cuisine alors que son propre père n'y met jamais les pieds.

— Des spaghettis al dente !

— Ça veut dire quoi oncle Armand ?

— « Al dente », c'est italien et cela veut dire « à la dent ».

— Je ne comprends pas.

— En fait cela veut dire « juste ferme sous la dent ». Les Italiens détestent les pâtes trop cuites qui sont molles. Demain Victor je t'apprends à faire cuire les pâtes.

— Moi aussi je veux apprendre !

— Vous le ferez ensemble et on ajoutera une sauce. N'oubliez pas ce principe d'un chef italien : il faut toujours achever la cuisson des pâtes dans leur sauce.

Armand raconte ses années de scoutisme qui lui ont appris à se débrouiller en cuisine. Puis comme toujours avec Victor, ils discutent photo, objectif et temps de pause. Rosalie aime profiter de son père en l'absence de sa mère. Cela n'arrive pas souvent. Elle se sent heureuse tout simplement. Pourquoi tout paraît plus léger dès qu'elle est séparée d'elle ? Et de sa sœur et ses frères ?

Madeleine rentre dans quatre jours avec les quatre enfants. Ces soirées dans la cuisine donnent l'occasion à Armand d'être complètement disponible pour les deux grands sans être interrompu par les plus jeunes. Il est pressé de découvrir leurs réflexions, leurs questions, leurs attentes. Dépositaire de secrets les concernant, il s'inquiète pour leur avenir. Quelle sera la réaction de Rosalie à la découverte de la vérité sur sa naissance ? Que se passe-t-il entre Victor et son père ? Comment un père peut-il rejeter son fils ? Comment se déroulera leur prochaine année scolaire ? Ces questions sans réponse tournent régulièrement dans sa tête. La discussion avec Madeleine, l'autre nuit sur la plage, lui a déchiré le cœur alors qu'ils étaient si proches tous les deux. Il aime sa femme, la comprend et en même temps ne comprend pas qu'elle ne puisse se libérer de ce secret pour sa fille Rosalie. Elle connaît pourtant, la place si particulière, un peu à part, qu'occupe sa fille aînée dans la fratrie. Même si la venue de Victor, cet été, a un peu rééquilibré les choses. Ces deux enfants portent un fardeau trop lourd pour eux alors que leur vie commence à peine. Quelle confiance peuvent-ils avoir dans les adultes ? Comme il l'a dit à Albin et Madeleine, il veut les aider à vivre leur destinée même s'il n'est pas leur père. Il a encore dans l'oreille le son de sa voix quand il a prononcé ces deux phrases sincères et engageantes : « Madeleine, mais ta fille, je l'adopterai. Elle sera comme ma fille. Elle sera l'aînée de nos enfants ! », « (…) ton fils je serai là pour lui tant que tu ne pourras pas. Je m'y suis attaché à ton gosse ! » Pendant ces trois jours il tiendra ses promesses, cette idée le met en joie.

Pour le déjeuner, les enfants prennent le bus 82 et retrouvent la mère de Victor et ses frères, dans le sixième arrondissement. Le trajet ne dure qu'une demi-heure.

Le premier retour de Victor dans sa famille l'agresse et le surprend. Il ne s'y est pas réellement préparé et se retrouve brutalement replongé dans un passé qu'il fuit.

À l'avant-dernier arrêt, Victor se tend mais donne le change à Rosalie en lui présentant son quartier. À la descente du bus 82, Victor se ferme et ne desserre plus les dents. L'odeur familière du hall de l'immeuble l'écœure. L'appartement lui paraît étriqué, terne. De l'intérieur de lui, un mot monte… « minable ». Est-ce pour lui ? Pour le lieu ? Les occupants ? Il ne sait pas, ça vient en lui, c'est tout. Il recule le moment d'aller dans sa chambre. Sa mère et ses frères semblent irréels, différents de la Bretagne. Son abandon lui saute au visage. Il est seul, il a peur. Son corps refuse de pénétrer dans la chambre, ses jambes flageolent, son estomac se noue, des gouttes de sueur perlent sur son front. Tétanisé, il reste sur le seuil. Une main se glisse dans la sienne, une présence se tient à côté de lui. Venue de très loin, la voix de Rosalie lui parvient : « Victor, tu me montres ta chambre ! ». Il n'a qu'une envie : hurler et se sauver à toutes jambes. Mais il doit faire comme si de rien n'était. C'est ça qui lui fait mal. Faire comme si de rien n'était. Faire comme si ce lieu était un endroit comme les autres alors que ce n'est pas vrai. Il a failli mourir dans cette chambre. Il a été… À quoi bon laisser remonter tout ça. Il a mal, il est mal dans cet appartement.

L'atmosphère du déjeuner est pesante de non-dits. La présence de Victor dans la salle à manger impose à chacun des souvenirs bâillonnés qui les mettent mal à l'aise. Des images fugaces, des bruits étouffés, la tristesse de leur mère, les hurlements du père même s'il n'est pas présent lors de ce déjeuner, le corps soufflé de Victor, sa tête baissée de faussement soumis… Ils mangent en silence, oubliant Rosalie, seule étrangère acceptée dans ce huis clos familial.

Victor et Rosalie ne savent pas que durant le retour en voiture, Albin et Mélanie n'ont pas échangé un mot. Même quand ils se sont arrêtés pique-niquer dans un petit chemin à l'écart de la route pendant que Baptiste et Vincent couraient dans tous les sens pour se défouler. Chaque acteur a repris son rôle dans la mauvaise pièce familiale jouée avant le séjour en Bretagne, comme un vieux costume qu'on renfile parce que l'on n'en a pas d'autres.

En ouvrant la porte de l'appartement, Mélanie n'a pu résister au passé, imprégnant ce lieu. Elle avait fini par l'oublier cet été. Elle se laisse envahir. Même si elle s'installe pour dormir dans la chambre de Victor, la présence d'Albin la pétrifie, l'inhibe. La peur est de retour. Elle se referme sur elle comme avant les vacances, oubliant ses fils. Elle semble comme éteinte, indifférente, insensible. Son corps refuse d'être ici, l'énergie bretonne a disparu. Elle s'absente, elle aussi, pour ne pas voir cette vie-là, toute en demi-teinte, dangereuse pour elle et ses enfants. Toutes les belles résolutions s'envolent d'un coup d'ailes, il ne suffit pas de grand-chose.

Durant le déjeuner, Victor et ses frères se comportent comme si leur séjour à Matignon n'avait jamais existé. Rien n'a changé excepté la présence de Rosalie qui subit de plein fouet le choc de cette métamorphose inattendue. Elle se faisait une joie de retrouver Mélanie, Baptiste et Vincent dans la continuité des vacances à Saint-Cast. Or, tout est différent depuis que Victor a sonné à la porte, que ses frères lui ont ouvert et que tous deux ont pénétré dans l'appartement. À se demander s'il s'agit de la même famille.

Rosalie a reconnu ces repas durant lesquels rien ne se dit, rien ne vit... Pour meubler le silence, elle se rappelle qu'elle parlait à tort et travers. Ce semblant de vie provoquait la réaction des jumeaux qu'elle exaspérait et qui s'amusaient à lui lancer des piques pour la faire sortir de ses gonds. Madeleine ou Armand levaient le ton et le calme revenait. À nouveau, chez tante Mélanie, ce silence est insupportable. Elle voit quatre personnes mortes-vivantes assises autour de la table, qui mangent, boivent, se passent les plats, comme des automates. Pas un rire, pas un pleur ni une dispute ou même un éclat de voix. Le silence est lourd, épais, voire hostile. Impossible de parler, les mots ne sortent plus de sa bouche. Rosalie a envie de tout bousculer, c'est physique. Une idée saugrenue jaillit furtivement... puis revient... s'impose à elle et... se transforme en pulsion irrépressible pour chasser la mort de cette salle à manger. Elle regarde son morceau de pain, l'attrape avec sa main, creuse un trou dans la mie qu'elle roule en boulettes avec ses doigts. D'un rapide coup d'œil, elle regarde les convives. Aucune réaction autour de la table. Elle reprend un morceau de pain dans la corbeille posée à côté d'elle, constitue, tranquillement, un tas de munitions. Puis, d'un coup, bombarde Victor et ses frères.

— Mais qu'est-ce qui te prend Rosalie ? dit Victor en se redressant

— T'es folle ? Tiens ! C'est pour toi !

Vif comme l'éclair, Baptiste lance son morceau de pain sur Rosalie pendant que Vincent déchiquette le sien pour l'aider. Ils rient nerveusement d'abord. Rosalie leur répond, se lève de table pour mieux viser. Victor vient à la rescousse de ses deux frères en lançant des croûtes puis prend la salière qu'il secoue sur la tête de Rosalie. Mélanie sort de sa torpeur et se laisse gagner par l'hystérie collective. Il ne reste plus de pain, alors elle attrape sa serviette.

— Mais, maman, que fais-tu ?

Vincent ramasse la serviette tombée à terre, la lance sur sa mère et de l'autre main envoie la sienne à Victor. Qui, lui, a rattrapé la serviette de Rosalie et s'amuse à l'envoyer au-dessus de sa tête à Baptiste ou Mélanie. Rires, cris, bousculades… la vie est revenue !

— Je ne sais pas ce qui m'a pris tante Méli…

Entre deux éclats de rire, pliée en deux, Mélanie articule.

— Tu as bien fait ! Il était temps. On mange le raisin et on rangera après.

C'est aux enfants d'être étonnés… La salle à manger ressemble à un champ de bataille et leur mère semble s'en moquer. Elle rit devant leur air ahuri.

— Vous rangerez pendant que je prendrai ma tasse de café. Nous partirons au jardin du Luxembourg pour vous défouler, il fait beau.

Mélanie s'installe au salon, boit une gorgée de café et allume une cigarette. Elle ne fume jamais seule mais, dans l'instant présent, le café chaud ne suffit pas à l'apaiser. Inspirant lentement une bouffée, soufflant les yeux fixés sur les volutes de fumée, elle se calme. La réaction spontanée de Rosalie l'a bousculée et sortie de la torpeur qui la regagnait peu à peu. *Heureusement c'est une alerte !* se dit-elle.

Les jours et les semaines qui viennent seront difficiles, elle le sait. Comment cohabiter sous le même toit qu'Albin sans s'éteindre à nouveau ? Comment remettre de la vie dans ce lieu de mort ? Que faut-il changer pour ne pas se laisser happer ? L'odeur de la cigarette lui rappelle Madeleine et *La villa*. Centrée sur Albin et leurs non-dits, elle en a oublié Victor. C'est lui qui lui donne le courage de soulever des montagnes. *Un rappel à l'ordre ! Rosalie a su, encore une fois, soulever la chape de plomb* ! Les enfants rient dans la cuisine. La vie continue. Elle se lève pour les retrouver, le sourire aux lèvres.

Les garçons courent dans les allées au Jardin du Luxembourg pendant que Mélanie et Rosalie marchent côte à côte.

— Tu es une sacrée fille tu sais !

— Tu dis ça pourquoi tante Méli ?

— Tu as eu une belle idée avec tes boulettes !

— Je ne sais pas ce qui m'a pris ? Excuse-moi tante Mel...

— Ne t'excuse pas. Les rires ont fui cet appartement depuis si longtemps... Je te remercie !

Rosalie ne comprend pas ce qui se passe. Les parents sont souvent étranges. Aucun reproche, juste le regard bienveillant et attentif de Mélanie qui sourit comme à Saint-Cast. De la lumière brille même dans ses yeux. La vie revient ! Rosalie s'élance pour rattraper les garçons.

Mélanie respire et marche tranquillement. *Dans deux jours, présentation de Victor à Madame Chaumont. Au retour de la promenade, je lui téléphonerai pour demander l'autorisation de venir avec les enfants.*

En rentrant, Victor et Rosalie aident Armand à préparer des pâtes à la tomate. Tous deux pleurent et rient en épluchant les oignons. Sans se concerter, ils omettent de raconter la bataille de mie de pain et de sel du déjeuner chez Mélanie. Ils questionnent Armand sur sa vie à leur âge, la guerre, son travail. « Je m'étais promis de reconstruire ce que la guerre détruit, c'est pour cela que je suis devenu ingénieur... ». Rosalie découvre un père dont elle est fière. Le partager avec Victor renforce leur lien. Ils sont si bien ensemble tous les trois qu'ils ont même oublié le rendez-vous avec madame Chaumont.

Dans son lit, Mélanie peine à s'endormir. Elle pense au départ de Victor, à la visite chez Madame Chaumont, à la conversation qu'elle devrait avoir avec Albin, à cette place qu'elle ne prend pas devant lui, à la réorganisation des chambres la sienne et celle des garçons. Elle tourne et retourne dans son lit. Les idées fusent. Imaginer c'est faire le premier pas. Mais si elle se trompait ? Si, si... elle n'en était pas capable ? Si... Elle s'endort épuisée, à l'aube.

En se levant le matin, elle se sent en pleine forme alors qu'elle a si peu dormi et elle se souvient de ce rêve.

Elle est sur le quai d'une gare, puis dans un train qui passe puis stationne devant ce même quai... C'est la nuit... De nombreux voyageurs sont installés dans les wagons qui sont éclairés. Elle regarde le quai d'en face. Elle se dit qu'elle rêve et que son rêve lui dit d'aller sur l'autre quai. Elle essaie d'imaginer la traversée des rails avec ses jambes qui, hélas, ne sont pas assez longues pour passer sur l'autre quai et elle risque de tomber et de rester bloquée... Puis elle regarde l'autre quai. Il est vide, sombre, aucun train ne s'arrête. Alors elle se dit qu'elle est dans le bon train...

Mélanie comprend qu'elle a choisi la bonne direction. Cette sensation de bien-être lui indique qu'elle est sur le bon chemin. Le voyage n'est pas terminé, cela ne lui fait pas peur.

CHAPITRE 21 : SECRET

La visite à plusieurs chez Madame Chaumont est une belle idée. Victor n'est pas isolé, il a une famille. Cette idée lui fait du bien, il a un peu peur de ce futur.

Les enfants ont sauté de joie d'être associés à la première rencontre de Victor et cette Madame Chaumont.

— Elle verra que tu as une vraie famille, affirme Baptiste,

— Et puis si c'est bien, nous aussi on pourra y aller après ? ajoute Vincent

— Tante Mélanie, rien ne pouvait me faire plus plaisir que tu m'emmènes.

Ses cheveux blonds roulés en bandeau de chaque côté du visage lui donnent un air désuet au premier abord. Un œil vif, un grand sourire et sa vivacité démontrent le contraire. Twin-set bleu Nattier, éclairé par un collier de perles de culture, et une jupe droite grise, Madame Chaumont porte une tenue « passe-partout ». Elle les installe dans la salle à manger. Un plateau avec une carafe d'orangeade, des verres et une assiette de gaufrettes posés au bout de la grande table ovale, les attendent. Après les avoir servis, elle s'assied, ouvre un grand cahier dans lequel elle inscrit le nom et le prénom de Victor, sa date de naissance, ses écoles précédentes, son adresse et le numéro de téléphone de ses parents. Puis, elle propose de découvrir l'appartement et la chambre que Victor partagera avec un autre garçon qui entre en quatrième.

La pièce est grande. Deux fenêtres positionnées sur des murs en angle droit laissent entrer la lumière. Les deux lits à rouleaux et tables de nuit associées avec leurs lampes de chevet sont disposés en « L », le premier à droite en entrant, le second longe le mur face à la porte et s'arrête avant une fenêtre. Les tables de travail et leurs chaises sont positionnées de chaque côté de l'autre fenêtre, une étagère au-dessus pour les livres de classe. À gauche de la porte se situe une grande armoire Louis Philippe à deux battants, comprenant une partie penderie avec ses cintres et de l'autre côté des étagères. Rosalie découvre l'intérieur de la penderie recouvert d'un joli tissu vert bouteille. Les doubles rideaux à carreaux écossais foncés – bleu, noir et vert – croisés de légères lignes rouge et jaune rappellent les dessus de lit. La pièce tapissée d'un papier à fines rayures blanches sur un fond crème dégage une énergie masculine. La salle de bain commune est au bout du couloir. Victor comprend qu'il est accepté avant même d'avoir parlé. Il est content et inquiet de découvrir son compagnon de chambre.

— Vous pourrez, avec votre camarade, poser chacun une affiche au mur si vous le souhaitez, précise Madame Chaumont, mais vous devrez me le demander avant. Je fais attention aux trous dans les murs et à l'esthétisme.

Victor se dit : *Tiens, Madame Chaumont nous vouvoie, comme au lycée.*

Mélanie et Madame Chaumont règlent quelques détails concernant l'inscription de Victor au lycée Saint-Michel de Picpus qui, a priori, ne devrait pas poser de problème.

Au retour, installée au fond du bus, l'équipée est bruyante. Chacun fait part de ses observations, de ses réactions. Les autres voyageurs s'impatientent et l'un d'eux leur demande d'être plus silencieux, ce qui les fait pouffer de rire sous le regard complice de Mélanie.

Parce que les gaufrettes ne les ont pas rassasiés ou tout simplement parce que « les émotions ça creuse », ils s'installent autour de la table de la cuisine devant des tranches de pain et une tablette de chocolat à croquer.

— J'y pense depuis qu'on est revenus à Paris, commence Mélanie, puisque tout change, on va réorganiser l'appartement et, si votre père est d'accord, repeindre l'entrée et vos chambres.

Victor ne répond pas, il ne se sent pas concerné puisqu'il habitera chez Madame Chaumont.

— Qu'est-ce que tu veux changer ? demande Baptiste.

— Si Victor l'accepte, je voudrais m'installer définitivement dans sa chambre et la transformer pour qu'elle me ressemble.

— Et Victor, il n'aura rien à lui ? s'étonne Vincent.

— Je ne vivrai plus ici, donc ce n'est pas grave…

— C'est justement l'idée dont je voulais vous parler. On ajoute deux lits dans la chambre de Baptiste ou celle de Vincent. Dans l'autre on fait une salle de travail et de jeu en y laissant le lit pour le jour où l'un de vous souhaite être seul.

Les trois garçons estomaqués par cette révolution ne savent pas quoi dire. Ils restent bouche bée.

— En fait, tante Méli, tu ne les sépares plus, tu fais un dortoir et ils seront toujours ensemble.

— Oui tout à fait.

— Je resterai toujours parmi vous dans ce dortoir ? s'exclame Victor qui commence à comprendre l'idée de sa mère.

— Oh comme c'est chouette maman ! Baptiste prend la main de chacun de ses frères.

— Les trois mousquetaires !

— On aura chacun notre armoire et nos secrets.

— Même si papa ne veut pas qu'on repeigne, c'est pas grave car on a tous les meubles pour s'installer à trois dans la chambre, poursuit Vincent

— Et les tables pour travailler dans l'autre et pour faire un coin pour le train mécanique.

— Il existe des lits qui s'emboîtent et se replient, on les appelle des lits gigognes. On pourrait glisser celui de Victor sous l'un de vos lits et comme cela vous aurez plus de place quand il sera absent.

— Tu as pensé à tout tante Méli !

— Je ne dors pas beaucoup depuis deux nuits... Je me préparais à notre rendez-vous chez madame Chaumont... J'imaginais notre nouvelle vie... On en reparle demain. Rosalie et Victor, il est l'heure de rentrer. On se retrouve tous demain après-midi, nous vous avons préparé une surprise avec Armand.

En descendant du bus, ils aperçoivent Armand, un cartable de cuir à la main et un filet à provisions dans l'autre à la grande surprise de Victor qui n'a jamais vu son père faire des courses et encore moins porter des provisions comme les femmes. Ils montent ensemble au second, à pied c'est plus rapide que l'ascenseur.

— Les enfants, posez les provisions sur la table de la cuisine. Attention au carton du pâtissier, il y a une surprise pour notre dernier dîner à trois. Je me change et on se retrouve pour cuisiner.

Armand donne ses indications tout en accrochant son pardessus dans le placard de l'entrée. Il défait son nœud de cravate en se dirigeant vers la chambre, pose sa veste sur un cintre, retire ses boutons de manchettes et remonte ses manches de chemise. Puis, il rejoint les enfants dans la cuisine.

— Comment s'est passée votre journée ? Un grand jour pour toi Victor !

— Madame Chaumont me vouvoie !

— Cela t'étonne ?

— Depuis que je suis au lycée, certains professeurs nous vouvoient mais là je vais habiter chez elle. Elle va être un peu ma famille. Elle a l'air...

— Je comprends Victor, mais c'était peut-être pour la première rencontre.

— Je vais partager ma chambre avec un garçon.

— Tu l'as vu ?

— Non, il est encore en vacances.

— Regardez voilà comment on lave la salade ? Un peu de vinaigre pour faire tomber les limaces et puis sous le robinet feuille par feuille. Tu t'en occupes Victor et tu secoueras le panier à salade dans la loggia. Pendant ce temps j'explique à Rosalie comment faire la vinaigrette. Ce soir pas de pâtes mais salade, tranches de jambon blanc, fromage et pain. Et pour le dessert des éclairs au chocolat !

Les enfants sont ravis. Armand se sert un verre de vin rouge, tout en préparant le repas.

— Oncle Armand tu crois que ce garçon portera le nom d'un père qui n'est pas son père ? demande Victor.

Armand redresse la tête, étonné. Son cœur bat plus vite.

— Où as-tu entendu cette expression ?

— Le père Jean a chuchoté cela à maman quand on est allé le voir en Bretagne. Il a dit : « Depuis la fin de la guerre, elle reçoit des garçons qui portent le nom d'un père qui n'est pas leur père ». Je n'ai pas osé poser la question et après j'ai oublié. Mais en rentrant dans le bus, cette phrase est revenue.

Armand finit son verre de vin et le remplit à nouveau. Le moment qu'il redoute tant est arrivé… sans prévenir ! C'est toujours ainsi ! On est bien, tranquille et tout d'un coup cette belle harmonie se défait, comme ça, en une fraction de seconde. Il y a l'avant et l'après… Et rien n'est déjà plus comme avant.

— Je réponds à ta question quand on sera assis. Finissons de préparer le repas.

Rosalie regarde son père. L'expression de son visage est devenue plus sérieuse. Quelque chose a changé dans l'air depuis que Victor a posé sa question. Son cœur se serre, elle frissonne alors qu'il ne fait pas froid.

— Tout est sur la table ? demande Armand en jetant un œil.

— On a oublié la carafe d'eau ! Rosalie se précipite vers le buffet pour la récupérer et la remplir au robinet.

— Parfait, on peut s'asseoir maintenant.

Chacun se sert, en silence, les enfants regardent Armand.

— Voilà Victor je vais répondre à ta question. Pendant la guerre qui a duré plusieurs années, des familles ont été séparées, des hommes combattaient au loin, des femmes s'occupaient de la famille, enfants, grands-parents et de leur travail quand elles en avaient un... chacun se débrouillait pour survivre du mieux possible. Certains étaient pour Pétain qui avait demandé de collaborer avec les Allemands qui occupaient la France. D'autres étaient dans la Résistance et soutenaient les actions du Général de Gaulle... C'était compliqué... Chacun faisait comme il pouvait, en fonction de ce qu'il pensait juste. Ce n'est pas le sujet de ta question, je le sais Victor, mais je veux que vous compreniez le contexte dans lequel vivaient les gens.

Rosalie se demande ce que son père va annoncer pour qu'il prenne autant de temps pour répondre. Victor hoche la tête pour encourager Armand à poursuivre.

— Dans ces temps troublés, on vivait la peur au ventre pour sa famille, son mari, sa femme, ses enfants, ses parents, ses amis. Il y a eu beaucoup de déplacements avec l'exode d'abord puis avec la zone libre et la zone occupée. Les bombardements, les blessés. Les vitres brisées. Le couvre-feu. On s'entraidait comme on pouvait. Certains vivaient chez un oncle ou une tante à la campagne. On se passait des informations pour trouver de la nourriture ou ce qui manquait... Beaucoup de solitude aussi.

Armand ne regarde plus les enfants, songeur il revit la guerre...

— Des rencontres avec des gens inconnus... Des hommes et des femmes, amoureux pour oublier la guerre. Parfois mariés, parfois pas. Ils voulaient juste vivre ! On pouvait mourir d'un jour à l'autre, la mort était partout... Et donc, ils s'aimaient et des femmes ont attendu des enfants. Certaines se sont mariées rapidement avec leur amoureux, d'autres ne pouvaient pas – déjà mariés mais séparés à cause de la guerre. Et les enfants qui sont nés de ces amours-là ont bien souvent porté le nom du mari de leur mère et pas celui de leur père. Avoir un enfant hors mariage est un déshonneur pour la femme et sa famille. Chacun s'est arrangé avec la vérité pour sauver les apparences.

— Mais comment on pouvait savoir que ce n'était pas le vrai père ? demande Rosalie

— Parce que le père était absent. Ceux, qui sont revenus en permission, ont eu de mauvaises surprises parfois et ont choisi de dire qu'ils n'avaient plus de permission, leur famille n'avait plus besoin d'eux. D'autres n'ont rien dit et cela a arrangé tout le monde. Mais certains sont revenus après des mois et ont trouvé des enfants chez eux qui ne pouvaient pas être les leurs puisqu'ils étaient absents.

— Cela a dû être terrible le retour ! Rosalie commence à comprendre.

— Même si la guerre est terminée officiellement et que chacun reprend sa vie, en fait la guerre n'est jamais terminée. Elle peut se poursuivre encore et encore au sein de certaines familles à cause des enfants illégitimes, des « bâtards » disent certains. Je préfère parler de secrets de famille…

— C'est pour cela que Madame Chaumont accueille les garçons dont le père n'est pas le père…

— Tu as tout compris Victor. Certains enfants ont été chassés de leur foyer au retour du père. Pour d'autres, aucune parole échangée, seul le silence… que dire, il y a eu tellement de malheur et de douleur et… c'est resté un secret de famille. C'est ce que j'appelle les dommages ordinaires de la guerre.

— Mais moi je ne suis pas un enfant comme ça !

— Tout à fait… Tu es d'accord avec moi pour dire qu'il y a un problème avec ton père pour le moment, tu ne l'as pas vu de l'été.

Victor baisse la tête. C'est la première fois que l'oncle Armand aborde directement le sujet. La honte enfouie remonte, il rougit. Armand continue :

— Cela ne me regarde pas, je ne te poserai pas de question à moins que tu souhaites m'en parler.

Victor secoue la tête de droite à gauche.

— Ta maman pense que c'est mieux que tu ailles en pension, vous en avez parlé tous les deux.

Victor, les yeux baissés, hoche la tête.

— Et c'est pour cela que tu as rencontré Madame Chaumont aujourd'hui. Elle accueille les enfants en difficulté dans leur famille, alors qu'ils n'y sont pour rien.

Ce « ils n'y sont pour rien » résonne dans la tête de Victor et l'apaise.

Rosalie ne les écoute plus. La volonté de son père de ne parler qu'une fois assis l'a surprise. La tension qu'il exprime dans sa voix, même si elle reste chaleureuse et calme, l'alerte. Rosalie perçoit que quelque chose lui échappe. Victor est-il le fils d'Albin ? Ils se ressemblent pourtant. Pourquoi est-ce si difficile pour Armand d'aborder ce sujet ? Pourquoi l'atmosphère a-t-elle changé dès que Victor a posé sa question, alors qu'on préparait joyeusement le dernier dîner à trois ? Sa tête est prête à exploser sous le nombre des questions. Rien n'est clair. Il y a comme un brouillard sur ce sujet. Ses mains deviennent moites. Sa bouche s'assèche... Sa poitrine l'oppresse. Elle manque d'air. La vie se retire d'elle... Elle s'accroche à la table et...

— Que se passe-t-il Rosalie ? Tu es toute blanche !

Armand se lève et la rattrape à temps dans ses bras. Victor les yeux écarquillés les regarde.

— Passe-moi un siège, s'il te plaît, vite.

Armand s'assied sur la chaise que lui glisse Victor, tout en gardant Rosalie contre lui. Un silence pesant s'installe... Les sanglots de Rosalie l'interrompent... Elle lâche enfin ces mots impensables il y a deux minutes :

— Pa...pa... tu... n'es... pas... mon... père !

À son tour, Victor manque de tomber de son tabouret.

Armand caresse la tête de Rosalie, attrape une serviette sur la table pour tapoter ses yeux et essuyer ses larmes. Ses pleurs redoublent. Avec toute la douceur dont il est capable, il la berce, embrasse ses cheveux… Ses yeux brillent, les larmes ne sont pas loin pour lui aussi. Il a tellement redouté ce moment pour Rosalie.

Sorti brutalement de son propre malheur par son amie, Victor comprend qu'un autre drame se joue devant lui. Il se lève à nouveau et vient se coller à Rosalie et Armand. Ils se serrent tous les trois et on ne sait plus qui pleure et qui ne pleure pas. Leurs larmes se mélangent. Les sanglots de Rosalie s'apaisent, elle esquisse un sourire, Armand s'essuie les yeux, Victor se lève :

— On a l'air malin pour notre dernier dîner, tous en train de pleurer.

— C'est vrai papa ? Tu n'es pas mon père ?

Armand hoche la tête, il n'arrive pas à parler.

— Je le savais ! Pourquoi elle ne m'a rien dit ! C'est pour cela qu'elle ne m'aime pas ? Mais qui est mon père ? Un Allemand ?

Rosalie jette en vrac toutes les réflexions qui l'ont traversée, même fugitivement. De la colère et du soulagement s'expriment à la fois. La colère l'emporte car la vie revient. Elle crie maintenant comme une furie, debout elle postillonne, son nez coule.

— Elle m'a volé ma vie ! Tout le monde le savait ? C'est pour cela que les jumeaux me détestent ! Pourquoi Grand-Père et Grand-Mère ne m'ont-ils rien dit ? Pourquoi as-tu laissé faire ? Pourquoi pleurait-elle sur son lit alors que c'est moi qui devrais pleurer ? Elle m'a menti ! Vous m'avez menti tous les deux ! Tous les adultes vous mentez ! Qui est mon père ? Un monstre ? Un boche ?

Après avoir hurlé, les larmes de l'impuissance montent… Debout au milieu de la cuisine Rosalie est désemparée…

— Viens ma Rosalie, viens dans mes bras, je vais t'expliquer ce que je sais.

Armand ne se lève pas, il préfère qu'elle vienne à lui et il lui tend les bras. Après un temps d'hésitation, elle se jette dans ses bras.

— Que vais-je faire maintenant Papa ? Je ne veux plus la voir.

Les bras de son père qui n'est plus son père la serrent fort. Il ne répond pas, les émotions intenses poussent à dire des propos que l'on regrette après. Il éloigne Rosalie au bout de ses bras et la regardant dans les yeux propose :

— Vous n'avez rien mangé Mademoiselle ! Les émotions, ça creuse. Une tisane chaude sucrée de bon miel accompagnera les éclairs posés sur cette assiette. Qu'en pensez-vous ? Et vous jeune homme ?

— Avec plaisir, Garçon !

Victor enlève les assiettes de la table pour les porter vers l'évier. Armand remballe le jambon et le fromage dans leurs papiers pendant que l'eau chauffe dans la bouilloire sur la cuisinière.

— On dirait que tu as fait cela toute ta vie oncle Armand !

Armand boirait bien un verre de Whisky mais il préfère garder les idées claires pour aider ces deux enfants qui entrent brutalement dans le monde des adultes. Alors, avant de reprendre la discussion, il s'autorise un peu d'humour, cela fait comme une respiration. Aussitôt, Victor lui répond en faisant le clown. Cette complicité masculine allège l'atmosphère. Rosalie s'assied, encore secouée, elle les regarde faire. Armand apporte la tisanière dans laquelle infuse de la verveine et le pot de miel. Victor dépose les tasses sur les soucoupes.

— Choisissez l'éclair que vous préférez Mademoiselle.

Victor présente l'assiette des éclairs au chocolat à Rosalie qui esquisse un sourire en choisissant le premier devant elle. Je vois que Mademoiselle est connaisseuse, dit-il en s'inclinant tel un serveur d'une grande maison.

— Merci Monsieur.

Ils ont gagné, Rosalie est entrée dans le jeu.

Armand sert la tisane dans les tasses. Le pot de miel avec sa cuillère en bois circule. Ils mangent leurs éclairs avec les doigts, en silence. Rosalie ne peut s'empêcher de remarquer qu'en présence de sa mère cela aurait été impossible. Elle chasse cette pensée car elle veut aborder avec Armand un sujet plus important que de savoir si on peut manger des éclairs avec les doigts ! La fatigue se fait sentir. La pression lâche grâce aux petites blagues de Victor et son père. La chaleur de la tisane sucrée lui fait du bien. Elle boit à petites gorgées en fermant les yeux et entend la voix posée d'Armand :

— Rosalie, je veux que tu saches que je t'ai choisie et que tu portes mon nom car je t'ai adoptée officiellement. Tu es ma fille aînée. Ton vrai père n'est pas un Allemand. C'était un militaire, un officier. Ta maman et lui se sont mariés pendant la guerre. Ils ont cru s'aimer mais ils n'étaient pas faits l'un pour l'autre. La guerre perturbe le jugement. Ton père biologique est parti rapidement en Indochine laissant ta mère seule, tu avais trois mois. J'ai connu ta maman, à mon travail. Je l'ai aimée dès que je l'ai vue. Très vite, j'ai voulu l'épouser et t'adopter. Et c'est ce qui s'est passé.

— Mais pourquoi je n'ai rien su ? Pourquoi c'est toi qui me le dis et pas elle ?

— Je ne peux pas parler pour ta maman. Je crois que cette période est douloureuse pour elle.

— Et moi ?

— Nous en avons parlé ensemble avant que je rentre à Paris. Ta maman n'arrive pas à te parler.

— Mais qu'est-ce que je lui ai fait ?

— Ce n'est pas toi qui as fait quelque chose.

— Mais alors ?

— Ta maman n'y arrive pas. Je pense qu'elle sera soulagée de savoir que tu connais la vérité.

— Il est où mon vrai père ? En Indochine ?

— Mort au combat, là-bas. C'est pour cela que j'ai pu t'adopter après quelques années de démarches juridiques.

— Je n'étais pas ta fille quand les jumeaux sont nés ?

— Pas encore, nous attendions l'accord de ton père biologique.

— Alors je ne suis pas ton aînée pour de vrai.

— Dans mon cœur, tu l'es.

— Comment as-tu pu te taire alors ?

— Rosalie je sais que tu es malheureuse, que tout s'écroule pour toi… J'ai tant redouté ce moment ! Ta maman rentre demain et j'aimerais qu'on en parle ensemble avec elle. Je ne peux pas parler à sa place.

— Je ferai comme Victor, j'irai en pension, je ne veux plus habiter avec elle.

— Nous en discuterons ensemble, demain. Si tu souhaites aller en pension, nous y réfléchirons avec toi pour trouver la meilleure solution. Cette décision ne se prend pas à la légère.

— Je ne veux pas la voir demain, je ne veux plus la voir !

— Quel dommage, Madame Chaumont ne prend que des garçons sinon tu serais venue avec moi ! Si on a trouvé pour moi, on trouvera pour toi ! N'est-ce pas oncle Armand ?

La voix calme de Victor rend réelles les paroles de Rosalie, ce qu'Armand préférait éviter. C'est pourquoi il avait répondu sans prendre position. Victor donne corps à une idée qui n'avait pas encore eu le temps de faire son chemin dans la tête de Rosalie.

— Nous avons eu beaucoup d'émotions ce soir et toi, Rosalie, tout particulièrement. Voulez-vous que nous écoutions un disque avant de regagner nos chambres ?

— Non je préfère aller me coucher…

Devant l'air renfrogné de Rosalie, Armand n'insiste pas.

— Moi aussi… Maman et Tante Madeleine ont trouvé pour moi, vous allez trouver pour Rosalie ?

— Victor, on trouve toujours une solution quand on se parle sincèrement. Il faut juste prendre le temps. Rosalie, ta maman rentre demain, je lui raconterai notre conversation… Cela te laisse un peu de temps pour te préparer à lui parler. Il est certain que nous déciderons avec toi de ce que tu veux.

Armand souhaite se retrouver seul lui aussi… Il est secoué.

— Je termine de ranger pendant que vous vous préparez à vous coucher. Et je vous embrasserai dans vos lits. Chacun a besoin de se retrouver au calme.

Les enfants se dirigent vers leurs chambres sans un mot. À l'entrée de la sienne, Victor se tourne vers Rosalie :

— Ma Rose, lave-toi les dents la première pendant que je me mets en pyjama. Ça va aller ?

— Ça va aller... Merci... Rosalie sourit. Cette fois-ci ce petit nom « Ma rose » sonne agréablement. Il lui réchauffe le cœur. *Vite me retrouver seule dans ma chambre...* Quand elle a mal, elle aime être seule...

Victor n'insiste pas, lui aussi a besoin de solitude. Se retrouver d'abord et digérer tout ce qui vient de se dire... Il se sent responsable de ce qui s'est passé ce soir mais n'en est pas inquiet. Il est heureux, avec Rosalie et oncle Armand, même si ce soir tous sont bouleversés. *C'est la vie ! On rit on pleure !* soupire-t-il longuement.

Au salon, Armand installe un disque de Sidney Bechet sur le tourne-disque. Il pose délicatement le bras, portant la tête de lecture à la pointe en saphir, sur le microsillon qui tourne, entend le grésillement et les premières notes de musique du saxophone. Il se sert un verre de Whisky, s'installe dans un fauteuil et ferme les yeux. Soulagé, il se sent soulagé. Le secret est levé même s'il n'avait pas imaginé que cela se passerait de cette façon. Victor a ouvert une porte à Rosalie comme elle l'a fait pour lui cet été, avec la photo. Ces deux enfants sont étonnants. Il revoit toute la scène, le malaise, le désespoir puis la colère de Rosalie. Sa sensation de trahison comme il la comprend. Madeleine ne se doute de rien, encore. Si le téléphone avait été installé à *La villa,* il aurait pu l'appeler. Peut-être est-ce mieux ainsi. Elle découvrira la situation en arrivant. Cela risque d'être un peu « sport ». Il sera là pour les aider. La relation mère-fille risque de se dégrader davantage pour un temps... Il boit une gorgée de Whisky, savoure le léger parfum de tourbe. La clarinette chante et pleure les émotions de cette soirée. Cela lui fait du bien.

La fin du disque lui rappelle sa promesse aux enfants. Il frappe à la chambre de Victor en premier, comme cela il pourra rester avec Rosalie si elle en a besoin. C'est la première fois qu'il entre dans la chambre de Victor quand celui-ci est couché. Habituellement, les enfants viennent embrasser les adultes au salon. Victor ne le regarde pas vraiment, il semble tendu.

— Ça va Victor ?

— Oui oncle Armand. Sa voix est blanche, il a du mal à parler.

— Je te dérange ?

— Non, non..., l'attitude de Victor semble exprimer le contraire.

— Je voulais juste voir si tout allait bien et te dire bonsoir.

— Tout va bien, bonsoir oncle Armand.

Quelque chose freine Armand qui ne se baisse pas pour embrasser Victor.

— Alors passe une bonne nuit, après toutes ces émotions.

Puis, il ferme la porte de la chambre doucement. Victor est en sueur, il a eu tellement peur. Armand n'est pas son père, il le sait mais il a eu peur quand même. Il l'entend frapper à la porte de Rosalie qui ne répond pas.

Armand entrebâille la porte avec précaution et aperçoit la fillette endormie sur le dos, un livre dans les mains. Il s'approche pour le retirer, pose un léger baiser sur son front. En fermant le livre, la couverture avec une petite fille en uniforme devant une grande grille en fer forgé l'intrigue. Il découvre le titre : *Riki, Demoiselle de la Légion d'honneur*[15]. *Elle n'a pas perdu de temps,* se dit-il en souriant, *une sacrée petite bonne femme comme sa mère.*

CHAPITRE 22 : RÉVÉLATION

Madeleine arrivera en fin de journée au volant de la 403. Armand s'inquiète un peu pour ce voyage. Même si la voiture a été révisée, personne n'est à l'abri d'une panne ou d'un accident. Seule avec les quatre enfants, Madeleine saura se débrouiller mais tant qu'ils ne seront pas arrivés, il ne se sentira pas tranquille.

Les retrouvailles risquent de ne pas être de tout repos après la conversation d'hier soir dans la cuisine. Qu'importe, ils seront ensemble donc plus forts ! Il a une journée pour prendre du recul et être plus solide face à la détresse de la mère et sa fille.

Armand travaille le samedi matin comme la majorité des salariés mais il a préféré rester à l'appartement avec les enfants. En repensant à la soirée de la veille il se dit que c'est une bonne chose que la vérité soit enfin exprimée.

Au petit-déjeuner, les conversations sont superficielles car personne ne souhaite aborder le seul sujet qui les préoccupe tous. Tant que Madeleine n'est pas présente, il ne sert à rien de parler, Rosalie l'a bien compris.

Les enfants se réfugient chacun dans leur chambre une partie de la matinée pendant qu'Armand vaque à ses occupations dans l'attente de Madeleine.

À la demande d'Armand, ils installent le couvert du soir dans la salle à manger   on reprend les bonnes habitudes au retour de Madeleine – et se demandent ce que peut être la surprise préparée par Mélanie et Armand. Les suppositions fusent sur la destination :

— Le Jardin d'Acclimatation !

— Mais non tu sais bien qu'il n'est plus ce qu'il était.

Victor a entendu des amis de classe, lui raconter leur déception.

— Ce n'est pas une raison j'aimerais le découvrir, Grand-Mère et Grand-Père m'en ont tellement parlé.

— Un musée alors ?

— Mais lequel ?

En début d'après-midi, ils quittent tous les trois l'appartement en direction de cette fameuse surprise. À la descente du bus, Armand, Victor et Rosalie marchent quelques mètres et aperçoivent Mélanie et les deux garçons sur le trottoir devant un grand porche donnant sur une cour et un hôtel particulier de deux étages. Les murs sont noirs comme beaucoup d'immeubles parisiens abîmés par la pollution, un ravalement serait le bienvenu. Il permettrait d'admirer l'architecture et protégerait les façades de la dégradation.

Après les embrassades d'usage, Victor demande à sa mère :

— On est où ?

— Devant l'hôtel Biron, répond Armand, taquin.

Les enfants se regardent étonnés cela ne leur dit rien. Mélanie reprend :

— C'est une surprise pour Rosalie, je le lui avais promis à Saint-Cast.

— Camille Claudel !

— Tu as retenu son nom ?

Mélanie est étonnée de la mémoire de la fillette.

— Oui, tu m'as dit qu'elle exprimait ses émotions dans ses sculptures.

— À sa mort, Auguste Rodin a exigé que Camille Claudel ait une pièce réservée à ses œuvres dans son musée. La famille Claudel a fait traîner les choses, mais depuis 1952 ses œuvres sont installées. Nous allons les découvrir ensemble.

Rosalie est à la fois heureuse et triste... Heureuse de découvrir les sculptures de cette femme artiste. La phrase de tante Méli est restée gravée en elle comme une interrogation. Elle se demande comment on voit qu'une artiste exprime des émotions. Triste parce qu'elle ne peut parler à tante Méli de ce qu'elle a découvert hier soir dans la cuisine avec son père – qui n'est pas son père – et Victor. Elle doit faire comme si de rien n'était, alors qu'une révolution vient de se déclencher dans sa vie. Par loyauté pour sa mère, elle ne sait pas pourquoi, elle garde le silence bien qu'Armand n'ait donné aucune consigne ni émis une interdiction.

— Que se passe-t-il Rosalie, es-tu heureuse de cette visite ?

Rosalie hoche la tête avec un sourire forcé.

— Mais je ne vois pas de lumière briller dans tes yeux, comme à Saint-Cast ?

Mélanie, fine mouche, a capté la dissonance. Devant le manque de réponse, elle n'insiste pas. Victor vient au secours de son amie. Il connaît de l'intérieur le ressenti de ces silences qu'on s'impose et comprend le dilemme de Rosalie.

— On s'est couché tard... C'est bientôt la rentrée...

— Merci... Pa... Papa – ce mot ne glisse plus tout seul depuis le diner d'hier soir – et tante Mélanie, renchérit Rosalie.

Armand la prend par les épaules.

— À toi l'honneur, entre la première, ma grande.

En traversant la cour d'honneur qui donne accès au bâtiment principal, ils découvrent sur le côté *La porte de l'enfer*, sculptée par Rodin et ses élèves. Ils s'y arrêtent. Mélanie attire le regard de Victor et Rosalie sur *Le Penseur* et d'autres statues moins effrayantes quand on les extrait de l'ensemble. Des échafaudages, utilisés par un photographe[16] qui réalise un travail d'inventaire de cette œuvre célèbre, gênent la vue. Un peu intimidés, Baptiste et Vincent ne courent pas dans tous les sens même s'ils tournent le dos à cette œuvre qui les effraie. Mélanie guide tout ce petit monde vers la salle Camille Claudel.

Dès l'entrée de la galerie réservée à l'artiste, Rosalie se sent irrésistiblement attirée par une femme à genoux. Elle s'approche et découvre collée sur le socle, une petite plaque de cuivre sur laquelle est gravé un titre : *L'implorante*. Bouleversée, elle se reconnaît. Cette jeune femme c'est elle. Un peu plus loin dans un ensemble nommé *L'âge mûr*, la même statue participe à l'œuvre. Un homme âgé s'éloigne de cette femme plus jeune qui le supplie. Rosalie se retient de pleurer. Même si elle n'est encore qu'une enfant, cette jeune femme, elle la comprend de l'intérieur. Elle aussi supplie... Elle voudrait tant l'amour de sa mère, son attention, sa chaleur... Elle reste là sans bouger durant un long moment. Mélanie vient lui murmurer à l'oreille :

— Nous sortons avec les garçons et Armand, rejoignez-nous au jardin. Prenez votre temps.

Restés seuls, marchant doucement sur le parquet ciré qui craque bruyamment, Victor et Rosalie continuent à chuchoter. Elle regarde rapidement d'autres œuvres et s'arrête devant une vague verte sculptée dans une sorte de marbre dans laquelle dansent trois femmes coulées dans du bronze. La sculpture est posée sur une commode. La hauteur de la vague au-dessus de ces femmes l'impressionne. Elles dansent, alors qu'un danger les guette. Elles peuvent mourir étouffées sous toute cette eau...

Rosalie se souvient d'un jour gris et de grand vent à Saint-Cast. La mer semblait chaude comparé à l'air ambiant, elle sautait avec les autres dans les vagues, comme ces femmes. Une plus forte l'a bousculée, elle a roulé dans l'écume et le sable croyant sa dernière heure arrivée. Elle en est ressortie crachant, se mouchant, les oreilles bouchées, le souffle coupé et a retrouvé sa respiration avec difficulté.

— Tu te rappelles à Saint-Cast, Victor l'interrompt dans ses pensées, quand tu as été roulée par une vague ?

Il lui faut quelques secondes pour quitter ce souvenir et revenir dans la galerie. Rosalie regarde Victor ses yeux encore embués des larmes qu'elle retient.

— Tu t'en souviens, j'y repensais moi aussi.

— Comment tu trouves ?

— J'sais pas si j'aime mais c'est très fort. Je comprends ce que ta mère a voulu dire en parlant « de sensibilité, de douleur aussi ». Comment a-t-elle pu réussir à faire que je crois que c'est moi, cette Camille Claudel ? Comment copie-t-elle ses statues en plâtre pour les faire en bronze ?

— Ça commence par un dessin. As-tu vu les carnets de croquis exposés quand on a traversé les salles d'Auguste Rodin ?

— Non je n'ai pas vu, j'étais impressionnée... C'est la première fois que je vais dans un musée.

— À moi la photo, à toi le dessin et la sculpture, ma Rose !

— Tu prendras en photo mes dessins, mes sculptures... tu me promets ! Jure-le !

Victor n'en revient pas, pour la première fois Rosalie affirme qu'elle dessinera. Leur projet commun le bouleverse et en même temps il se sent fort avec sa Rose, qui est comme une sœur.

Les deux enfants se tiennent par la main, devant *La Vague*. Armand, inquiet de ne pas les voir, est revenu sur ses pas. De l'entrée de la salle Camille Claudel il les regarde ému : *J'espère qu'ils continueront à se soutenir. Quelle promesse d'enfants peuvent-ils se faire ?* Puis il repart discrètement ne voulant pas troubler leur complicité.

— Victor, ta mère a dit que cette femme, la sculptrice, a été enfermée dans un asile ! Est-ce que tu as lu les explications de la notice ?

— Non.

— Il est écrit que son frère et sa mère...

Rosalie est tellement émue qu'elle ne peut terminer sa phrase.

— Qui ?

Victor l'encourage du regard.

— Son frère et sa mère ont décidé de l'enfermer ! C'est horrible ! Tu crois que c'est pour cela qu'il y a peu de femmes artistes ?

— J'sais pas mais tu peux compter sur moi et oncle Armand pour ne pas t'enfermer.

Victor se sent encore plus responsable de Rosalie depuis la conversation d'hier.

— Je vais partir de la maison, j'ai trouvé une pension.

— Déjà ! Comment as-tu fait ?

— Grand-mère m'a offert un livre pour mon anniversaire et je ne l'avais pas lu. Je l'ai pris hier soir sur mon étagère et je l'ai commencé avant de m'endormir cela m'a changé les idées. Je l'ai bien avancé ce matin. *Riki, demoiselle de la Légion d'honneur*. C'est une pension aussi la Légion d'honneur.

— Mais tu crois que c'est bien et que c'est pour toi ?

— Je ne pourrai pas rester à la maison maintenant que je sais et que les autres vont savoir.

— Qu'est-ce que ça change ? Juste qu'il n'y a plus de secret. Ne te précipite pas. Faut parler avec ta mère d'abord…

— Vaut mieux que je sache ce que je veux avant…

— Pourquoi ?

Rosalie ne répond pas, elle est dans ses pensées.

— Et ce père c'est qui ? Je veux connaître ma famille…

— Ouh là là Rosalie, tu me fais peur !

— C'est ma vie, je veux la connaître vraiment maintenant que je sais qu'on m'a menti.

— Oui, mais, oncle Armand, ton père.

— Qui n'est pas mon père…

— Oui mais il l'est aussi…

— Tu peux pas comprendre…

Victor soupire. Rosalie poursuit, s'autorisant à exprimer ce qu'elle a gardé pour elle si longtemps :

— Et tu vois, j'ai bien raison de ne pas vouloir d'enfants quand je serai grande.

— ? ? ?

— Je ne veux pas leur mentir ni leur faire tout ce mal…

— Tu m'as jamais dit ça ?

— C'est ma promesse. Je me la suis faite avant d'avoir onze ans, je ne te connaissais pas encore.

Victor reste silencieux, il n'a jamais pu réfléchir à son avenir trop occupé à survivre en silence dans un univers familial hostile.

— Et toi tu veux des enfants ?

— Je ne sais pas ? Je n'ai pas encore pensé à ça ! Mais tu veux vraiment aller dans cette pension ? Le nom ça fait sévère…

— Le vrai nom c'est *Maison d'Éducation de la Légion d'honneur*.

— C'est encore pire !

Rosalie fait quelques pas et s'arrête devant *La valse.*

— Regarde cette statue, tu crois qu'on sera comme eux en train de danser !

— Ils sont à moitié nus…

Victor se sent mal à l'aise à cette évocation.

— Je ne regarde pas cela mais le mouvement de leurs têtes… Ils sont proches… Tu vois le cou de la femme, on dirait que son cavalier va déposer un baiser sur sa nuque.

— Ce sont des amoureux, nous on est des amis…

— Je sais bien.

Rosalie regarde Victor, surprise par sa réponse rapide. *Il est mal à l'aise, qu'est-ce qui lui prend ?* se dit-elle, puis elle poursuit :

— Regarde Victor, selon comment on se place pour regarder *La Valse*, on dirait que c'est elle qui va l'embrasser dans son cou.

— Et le couple penche sur le côté on dirait qu'ils tournent pour de vrai…

— J'aimerais apprendre à faire des statues qui ne tombent pas même si elles penchent… et aussi qui donnent l'impression qu'elles bougent ! …

— Quel programme ma Rose, apprendre à dessiner puis à sculpter. Tu vas modeler la glaise… Est-ce que tu auras un bon professeur de dessin dans ta Maison d'Éducation ?

— Je n'y ai pas encore pensé… Je veux partir et fuir ce mensonge… Je savais bien qu'il y avait quelque chose de différent pour moi, de ma sœur et de mes frères… Je verrai après… Je sais pas…

Depuis la révélation d'hier soir, Rosalie, traversée par tant de pensées qui s'entrechoquent dans sa tête, éprouve un immense soulagement. Elle ressent, aussi, un grand vide devant son futur.

— Excuse-moi, je suis dans mes trucs…

— Dis donc tu peux, c'est costaud !

— Changeons de sujet, et toi tu penses avoir des cours de photographie dans ton lycée Pic et Puces ?

— C'est le lycée Saint-Michel de Picpus… Je ne sais pas si je suis accepté… Et je ne sais même pas encore comment ce sera. Depuis la visite hier chez Madame Chaumont et le dîner tous les trois, j'avoue que je n'ai pas eu le temps d'y penser. Ce matin j'avais besoin de calme et j'ai aimé lire tranquille. Tu vois, ça m'a bousculé ta découverte et j'en ai même presque oublié la photo !

Rosalie lui sourit.

— Allons retrouver les autres, ils doivent nous attendre dans le jardin. Je resterais bien encore un peu dans cette salle pour respirer son odeur de sculpture.

— On ne respire pas une sculpture, on la regarde.

— J'aimerais les toucher, les caresser et comme c'est interdit, je les hume.

— Fais attention, tu deviens un animal !

— Ah si je pouvais porter la vague pour sentir son poids. Et puis effleurer sa crête… La pierre est si bien polie, elle semble si douce…

— Je te comprends, j'aimerais la photographier pour toi, pour que tu la gardes…

— Elle est dans mon cœur pour toujours, tu sais… Tu vois, c'est pas la peine. Et puis tu photographies des êtres vivants et pas des objets.

Leurs mains se lâchent, ils se séparent. Avant de quitter la salle, chacun fait un dernier tour et s'arrête devant les œuvres qu'il préfère… Rosalie retourne devant *La Vague* qui, pense-t-elle, lui offre une belle leçon. Elle ne se laissera pas écraser ou noyer. C'est pour cela qu'elle doit partir de chez elle, pour fuir le malheur auquel sa mère l'associe. Elle ne deviendra pas une implorante qu'on fuit… Elle ne se laissera pas enfermer plus tard. Aussitôt elle se rappelle qu'elle souhaite vivre dans un pensionnat qu'elle ne connaît même pas. Cela la fait sourire. Mais elle n'imagine pas comment faire autrement. Quelle sera la réaction de sa mère lorsqu'elle lui demandera de lui parler de son vrai père ?

— Dis Rosalie, ça fait beaucoup tout ça, tu ne trouves pas ?

Victor est à ses côtés, ils sortent de la salle Camille Claudel, contents et touchés par ce qu'ils ont découvert aujourd'hui.

— Oui.

— Et alors ?

Rosalie répond par une pirouette :

— C'est ça la vie ! On rit et on pleure !

— Mais je ne pleure pas !

— Vive la vie alors !

Elle attrape sa main et ils courent tous deux retrouver les autres dans le jardin, riant et sautillant, se jetant à la figure, en boucle :

— Vive la vie !

— Vive la vie !

Ils semblent vivants et joyeux.

En les regardant et les écoutant avec le cœur on perçoit que ce « vive la vie » qu'ils chantonnent est peut-être plaqué, même qu'il sonne légèrement faux. Dans le plus profond d'eux-mêmes sont encore tapis douleur et désespoir. Victor et Rosalie ont pris l'habitude de se poser au-dessus s'interdisant d'ouvrir ce flacon contenant l'odeur fétide, celle d'une souffrance qu'ils connaissent si bien mais qu'ils ne veulent plus éprouver et dont ils ne savent que faire. L'impossible accès à une partie de leur ressenti les coupe d'une partie de leur vie. Ils sont à la fois présents et absents. Devant les sculptures de Camille Claudel, Rosalie a exprimé quelques émotions. Pour Victor c'est encore trop tôt. Après cet été qui a changé leur vie retrouveront-ils un peu de cette insouciance d'enfant qui leur a été volée ?

VOUS AVEZ AIMÉ CE ROMAN ?

Vous pouvez vous procurer dès maintenant les autres histoires de Marie-Laure Voisard.

Libérer les Secrets - Tome 2

Retrouvez Madeleine, Mélanie, Rosalie, Victor, Armand, Albin… personnages de cette saga familiale originale, en deux tomes, qui célèbre la puissance de l'amitié féminine.

***

Et si vous ne l'avez pas encore lu, découvrez son premier roman :

Cerise au Soleil - L'Avenir d'Esperanza

Il n'est jamais trop tard !
Esperanza est une animatrice radio proche de la retraite.
Un soir de réveillon, sa vie bascule : son homme la quitte.
À soixante ans, elle est anéantie. Esperanza pense que sa vie est terminée.
Ses nouveaux voisins l'invitent à partager un verre dans leur appartement qu'elle trouve quelconque… Et pourtant c'est dans ce lieu sans âme que sa vie va radicalement changer !

***

Recevez une nouvelle gratuite et restez informés des autres parutions de Marie-Laure Voisard en vous inscrivant sur :
www.marielaurevoisard.fr

***

Retrouvez les romans de Marie-Laure Voisard en vente sur Amazon.

VOTRE AVIS COMPTE

Si vous avez lu et aimé ce roman.

N'hésitez pas à laisser un **avis sur Amazon** et à y **suivre la page auteur de Marie-Laure Voisard** pour être informé de la sortie de ses prochains ouvrages.

Mieux encore, photographiez le livre pour le recommander dans vos groupes Facebook ou sur les réseaux sociaux sur lesquels vous pouvez la retrouver :

marielaurevoisard

marielaurevoisardromanciere

Un grand merci pour votre soutien !

BIOGRAPHIE

Marie-Laure Voisard a mené plusieurs vies. Un fil rouge les relie : l'amour de l'art sous toutes ses formes. Une enfance en bord de mer ; elle aime naviguer à la voile et écouter le bruit du vent.

La publication de son premier roman *Cerise au Soleil*, en 2019, lui permet d'amorcer avec plaisir une nouvelle étape.

Elle écrit des histoires de femmes libres, épanouies qui osent déployer leurs ailes, peu importe leur âge ou les difficultés rencontrées sur leur chemin et qui partagent des relations apaisées avec les hommes qui les entourent.

Elle veut donner à ses lecteurs et lectrices l'ESPOIR du possible, l'ENVIE d'oser encore.

Certains personnages se retrouvent dans plusieurs ouvrages au sein d'ARTISTA, une collection originale, tout en profondeur, émotion et subtilité. Derrière chaque histoire, le lecteur retrouvera les thèmes chers à la romancière qui sont l'importance de la place des femmes, la résilience grâce à l'art et une dynamique positive.

* * *

Vous souhaitez échanger avec elle, envoyez-lui un mail à l'adresse suivante : romanciere@marielaurevoisard.fr

* * *

Retrouvez-la sur Instagram ou Facebook où elle partage régulièrement ses coups de cœur (livres, films, expositions, concerts…), l'univers de ses livres, les hauts et les bas d'une romancière et les évènements qui concernent ses romans.

marielaurevoisard

marielaurevoisardromanciere

Ou sur son site internet www.marielaurevoisard.fr

Vous pourrez vous abonner à sa newsletter
et recevoir en cadeau une nouvelle :
Le Sorcier Amoureux.

REMERCIEMENTS

L'écriture de ce livre a débuté en février 2020 en naviguant aux Antilles et s'est terminée en janvier 2021 à Boulogne Billancourt. Je remercie de tout mon cœur :

Tous les lecteurs de mon premier roman *Cerise au Soleil,*

Plus particulièrement les tout premiers qui ont lancé la machine, qui m'ont soutenue et encouragée par leurs commentaires sur les réseaux sociaux et Amazon : *Emmanuelle, Lucie, Sandrine, Patrick, Marie, Laurence, Emilie, Laurence B, Ivane, Carine, Maria, Karine, Lise-Hélène, Yves, Claire, Juliette, Marie-Hélène, Fatima, Isabelle, Christian, Milena, Nathalie, Marie-Anne, Jacques…*

Les influenceuses pour leurs chroniques sur Facebook, Instagram, Amazon et Simplement Pro : Karine de @livrement_ka, Aude de @audbook, Catherine de @catherine.duparc1, Lu Cile de @luciled18.

Marie-Chantal Boreau, à l'interview et *Patrick Costin* à la technique, tous deux bénévoles à *La Voix d'Ambroise Paré*, radio interne destinée aux patients de l'hôpital Ambroise Paré à Boulogne Billancourt pour mon premier interview radio pour *Cerise au soleil.*

Tous et toutes, et tant d'autres que je n'ai pas cités, vous m'avez fait un cadeau énorme. Sans vous je n'aurais jamais osé promouvoir mon premier roman en confiance puis osé écrire le second.

Un immense MERCI à ceux et celles qui m'ont inspirée, soutenue et fait progresser dans l'écriture de ce deuxième roman :

Les coachs : Olivier Morel de Publier son Livre qui m'a ouvert des possibles et Caroline Vermalle von Ruben du Chat de l'Écrivain qui m'a aidée à me positionner et à oser. J'en ai franchi des pas grâce à vous.

Les bêtalecteurs : Audrey Gougeon, Mathilde Lalart – Audace des Mots et Leslie Guyon pour leurs retours encourageants et leurs précieux conseils.

Anne Guervel pour la mise en page et les corrections, nous avions déjà collaboré pour *Cerise au Soleil*.

The Books Covered Team pour la création de la couverture.

Philippe et Marie de Bodard, tous deux passionnés par l'histoire de Matignon et sa région. Une jolie rencontre… Marie, férue d'art et de lectures, m'a fait découvrir Lucienne Heuvelmans à travers le mémoire de Sabine Schouteten-Duquesnoy.

Carré sur Seine, association dont l'objectif est de promouvoir le travail des artistes contemporains à travers des rencontres avec des experts et des collectionneurs. C'est lors d'un *Ecoutez Voir* que j'ai découvert Carla Querejeta Roca. Quel merveilleux souvenir que son exposition *A fleur de peau* à la galerie *Exit*, en 2018.

Carla Querejeta Roca, artiste, son travail m'a inspirée pour décrire la fresque de Rosalie présente dans le Prologue.

Yves Caillaud, artiste, sa passion enfant pour la photo qu'il m'a partagée.

Gilles, son soutien inconditionnel comme celui de mes filles, Marie-Anne et Anne-Laure, indissociables de mon parcours de femme.

TABLE DES MATIÈRES

Notes de l'auteur

[1] Cf. *Cerise au Soleil – L'Avenir d'Esperanza*, roman de Marie-Laure Voisard - juin 2019

[2] Cf. *Cerise au Soleil – L'Avenir d'Esperanza*, roman de Marie-Laure Voisard - juin 2019

[3] Trente glorieuses : nom donné par l'économiste français, Jean Fourastié, à la période de forte expansion économique de la France de 1945 à 1973.

[4] *Les amis du passé en pays de Matignon : chroniques historiques du Pays de Matignon* tome 1 (2014) et 2 (2015). https://www.sitesgrimaldimonaco.fr/Les-Amis-du-Passe-en-Pays-de-Matignon.

[5] Le département des Côtes-du-Nord est devenu le département des Côtes-d'Armor en 1990.

[6] Baignoire ou cuvette en zinc dans lesquelles on fait ses ablutions.

[7] Il n'est pas nécessaire d'avoir vingt-et-un an, l'âge de la majorité de l'époque, pour passer son permis de conduire.

[8] *Barbara*, poème de Jacques Prévert, publié en 1946 dans le recueil *Paroles* © Éditions Gallimard, mis en musique par Vladimir Kosma.

[9] Les trois premières lettres de Nation identifient le central de rattachement en fonction de la localisation. Le cadran de numérotation est alphanumérique. Chaque chiffre du cadran correspond à trois lettres. NAT transformé en chiffre devient 628 ce qui donne le numéro suivant 628 23 30.

[10] Alfred de Musset (1810-1857) – Poème *Souvenir*.

[11] En novembre 1954, Pierre Mendès France, alors Président du Conseil, décrète la distribution d'un verre de lait à l'heure de la récréation dans toutes les écoles. Objectif: lutter contre la dénutrition et l'alcoolisme des enfants. En août 1956 août est adoptée par le ministère de l'Éducation nationale, une circulaire interdisant de servir toute boisson alcoolisée dans les écoles aux enfants de moins de 14 ans !

[12] *Kenavo* signifie « au revoir » en Breton.

[13] Lucienne Heuvelmans (1881-1944) première femme Grand Prix de Rome de sculpture : Histoire des femmes artistes : de l'indifférence à la reconnaissance officielle, mémoire de Sabine Schouteten-Duquesnoy, 1998-1999.

[14] Première exposition rétrospective de l'œuvre de Camille Claudel, au musée Rodin en 1951.

[15] *Riki, Demoiselle de la Légion d'Honneur* de T. Trilby – 1957 – Flammarion.

[16] Carol-Marc Lavrillier photographie pendant un an (1957-1958), juché sur des échafaudages, La Porte de l'enfer dans les moindres détails, en s'attachant à comprendre l'œuvre et le désir de l'artiste.

Printed in France by Amazon
Brétigny-sur-Orge, FR

21109369R00141